Treino funcional para ocupações e organização da rotina

EDITORES DA SÉRIE
Cristiana Castanho de Almeida Rocca
Telma Pantano
Antonio de Pádua Serafim

Treino funcional para ocupações e organização da rotina

AUTORAS
Natalie Torres de Matos
Ana Laura Alcantara Alves

Copyright © Editora Manole Ltda., 2021, por meio de contrato com os editores e as autoras.

A edição desta obra foi financiada com recursos da Editora Manole Ltda., um projeto de iniciativa da Fundação Faculdade de Medicina em conjunto e com a anuência da Faculdade de Medicina da Universidade de São Paulo – FMUSP.

Logotipos *Copyright* © Faculdade de Medicina da Universidade de São Paulo
Copyright © Hospital das Clínicas – FMUSP
Copyright © Instituto de Psiquiatria

Editora: Juliana Waku
Projeto gráfico: Departamento Editorial da Editora Manole
Capa: Ricardo Yoshiaki Nitta Rodrigues
Ilustrações: Freepik, iStockphoto

CIP-BRASIL. CATALOGAÇÃO NA PUBLICAÇÃO
SINDICATO NACIONAL DOS EDITORES DE LIVROS, RJ

M382t

    Matos, Natalie Torres de
    Treino funcional para ocupações e organização da rotina / Natalie Torres de Matos, Ana Laura Alcantara Alves ; editores da série Cristiana Castanho de Almeida Rocca, Telma Pantano, Antonio de Pádua Serafim. - 1. ed. - Santana de Parnaíba [SP] : Manole, 2021.
    23 cm. (Psicologia e neurociências)

    Inclui bibliografia e índice
    ISBN 978-65-5576-418-5

    1. Terapia ocupacional. 2. Doenças mentais. 3. Saúde mental. I. Alves, Ana Laura Alcantara. II. Rocca, Cristiana Castanho de Almeida. III. Pantano, Telma. IV. Serafim, Antonio de Pádua. V. Título. VI. Série.

21-70375	CDD: 615.8515
	CDU: 615.851.3

Camila Donis Hartmann - Bibliotecária - CRB-7/6472

Todos os direitos reservados.
Nenhuma parte deste livro poderá ser reproduzida, por qualquer processo, sem a permissão expressa dos editores. É proibida a reprodução por fotocópia.
A Editora Manole é filiada à ABDR – Associação Brasileira de Direitos Reprográficos.

1ª edição – 2021; reimpressão – 2025

Editora Manole Ltda.
Alameda Rio Negro, 967, cj. 717
Alphaville – Barueri – SP – Brasil
CEP: 06454-000
Fone: (11) 4196-6000
www.manole.com.br | https://atendimento.manole.com.br/

Impresso no Brasil
Printed in Brazil

EDITORES DA
SÉRIE PSICOLOGIA E NEUROCIÊNCIAS

Cristiana Castanho de Almeida Rocca

Psicóloga Supervisora do Serviço de Psicologia e Neuropsicologia, e em atuação no Hospital Dia Infantil do Instituto de Psiquiatria do Hospital das Clínicas da Faculdade de Medicina da Universidade de São Paulo (IPq-HCFMUSP). Mestre e Doutora em Ciências pela FMUSP. Professora Colaboradora na FMUSP e Professora nos cursos de Neuropsicologia do IPq-HCFMUSP.

Telma Pantano

Fonoaudióloga e Psicopedagoga do Serviço de Psiquiatria Infantil do Hospital das Clínicas da Faculdade de Medicina da Universidade de São Paulo (HCFMUSP). Vice-coordenadora do Hospital Dia Infantil do Instituto de Psiquiatria do HCFMUSP e especialista em Linguagem. Mestre e Doutora em Ciências e Pós-doutora em Psiquiatria pela FMUSP. Master em Neurociências pela Universidade de Barcelona, Espanha. Professora e Coordenadora dos cursos de Neurociências e Neuroeducação pelo Centro de Estudos em Fonoaudiologia Clínica.

Antonio de Pádua Serafim

Diretor Técnico de Saúde do Serviço de Psicologia e Neuropsicologia e do Núcleo Forense do Instituto de Psiquiatria do Hospital das Clínicas da Faculdade de Medicina da Universidade de São Paulo (IPq-HCFMUSP). Professor Colaborador do Departamento de Psiquiatria da FMUSP. Professor do Programa de Neurociências e Comportamento do Instituto de Psicologia da Universidade de São Paulo (IPUSP). Professor do Programa de Pós-graduação em Psicologia da Saúde da Universidade Metodista de São Paulo (UMESP)

AUTORAS

Natalie Torres de Matos

Graduada em Terapia Ocupacional pela Pontifícia Universidade Católica de Campinas (PUCCAMP). Especialista em Gerontologia pela Universidade Federal de São Paulo (UNIFESP) e em Fisiologia do Exercício pela Universidade de São Paulo (USP). Especializada em Reabilitação Cognitiva – Funcional em Neuropsiquiatria e Saúde Mental. Mestranda em Ciências pela Faculdade de Medicina da Universidade de São Paulo (FMUSP). Terapeuta Ocupacional Encarregada do Serviço de Terapia Ocupacional do Instituto de Psiquiatria do Hospital das Clínicas da FMUSP (IPq-HCFMUSP). Terapeuta Ocupacional do Programa de Transtornos Alimentares (AMBULIM) do IPq-HCFMUSP. Terapeuta Ocupacional do Núcleo da Memória do Hospital Alemão Oswaldo Cruz. Terapeuta Ocupacional do Centro de Atenção Psicossocial Álcool e Drogas. Professora do Curso de Especialização de Terapia Ocupacional em Reabilitação Cognitiva – Funcional pelo IPq-HCFMUSP.

Ana Laura Alcantara Alves

Graduada em Terapia Ocupacional pela Universidade de São Paulo (USP-Ribeirão Preto). Terapeuta ocupacional do Centro de Reabilitação e Hospital Dia, da Enfermaria de Pacientes Agudos do Instituto de Psiquiatria do Hospital das Clínicas da Faculdade de Medicina da Universidade de São Paulo (IPq--HCFMUSP). Especialista pelo Método Terapia Ocupacional Dinâmica (MTOD--CETO). Pós-graduada em Psicopatologia Fenomenológica pela Faculdade de Ciências Médicas da Santa Casa de São Paulo. Aprimoramento em Saúde Mental do Hospital das Clínicas de Ribeirão Preto da USP.

Durante o processo de edição desta obra, foram tomados todos os cuidados para assegurar a publicação de informações técnicas, precisas e atualizadas conforme lei, normas e regras de órgãos de classe aplicáveis à matéria, incluindo códigos de ética, bem como sobre práticas geralmente aceitas pela comunidade acadêmica e/ou técnica, segundo a experiência do autor da obra, pesquisa científica e dados existentes até a data da publicação. As linhas de pesquisa ou de argumentação do autor, assim como suas opiniões, não são necessariamente as da Editora, de modo que esta não pode ser responsabilizada por quaisquer erros ou omissões desta obra que sirvam de apoio à prática profissional do leitor.

Do mesmo modo, foram empregados todos os esforços para garantir a proteção dos direitos de autor envolvidos na obra, inclusive quanto às obras de terceiros e imagens e ilustrações aqui reproduzidas. Caso algum autor se sinta prejudicado, favor entrar em contato com a Editora.

Finalmente, cabe orientar o leitor que a citação de passagens da obra com o objetivo de debate ou exemplificação ou ainda a reprodução de pequenos trechos da obra para uso privado, sem intuito comercial e desde que não prejudique a normal exploração da obra, são, por um lado, permitidas pela Lei de Direitos Autorais, art. 46, incisos II e III. Por outro, a mesma Lei de Direitos Autorais, no art. 29, incisos I, VI e VII, proíbe a reprodução parcial ou integral desta obra, sem prévia autorização, para uso coletivo, bem como o compartilhamento indiscriminado de cópias não autorizadas, inclusive em grupos de grande audiência em redes sociais e aplicativos de mensagens instantâneas. Essa prática prejudica a normal exploração da obra pelo seu autor, ameaçando a edição técnica e universitária de livros científicos e didáticos e a produção de novas obras de qualquer autor.

SUMÁRIO

Apresentação da Série Psicologia e Neurociências XI
Introdução XIII

Sessão 1 1
Sessão 2 10
Sessão 3 15
Sessão 4 23
Sessão 5 29
Sessão 6 37
Sessão 7 41
Sessão 8 50

Referências bibliográficas 56
Índice remissivo 58
Slides 61

Os *slides* coloridos (pranchas) em formato PDF para uso nas sessões de atendimento estão disponíveis em uma plataforma digital exclusiva (**https://extranet.manoleeducacao.com.br/integra/contcomplementar.php?livroid=1341**).

Utilize o *QR code* abaixo, digite o *voucher* **HABILIDADES** e cadastre seu *login* (*e-mail*) e senha para ingressar no ambiente virtual.

O prazo para acesso a esse material limita-se à vigência desta edição.

APRESENTAÇÃO DA SÉRIE

O processo do ciclo vital humano se caracteriza por um período significativo de aquisições e desenvolvimento de habilidades e competências, com maior destaque para a fase da infância e adolescência. Na fase adulta, a aquisição de habilidades continua, mas em menor intensidade, figurando mais a manutenção daquilo que foi aprendido. Em um terceiro estágio, vem o cenário do envelhecimento, que é marcado principalmente pelo declínio de várias habilidades. Este breve relato das etapas do ciclo vital, de maneira geral, contempla o que se define como um processo do desenvolvimento humano normal, ou seja, adquirimos capacidades, estas são mantidas por um tempo e declinam em outro.

No entanto, quando nos voltamos ao contexto dos transtornos mentais, é preciso considerar que tanto os sintomas como as dificuldades cognitivas configuram-se por impactos significativos na vida prática da pessoa portadora de um determinado quadro, bem como de sua família. Dados da Organização Mundial da Saúde (OMS) destacam que a maioria dos programas de desenvolvimento e da luta contra a pobreza não atinge as pessoas com transtornos mentais. Por exemplo, 75 a 85% dessa população não têm acesso a qualquer forma de tratamento da saúde mental. Deficiências mentais e psicológicas estão associadas a taxas de desemprego elevadas a patamares de 90%. Além disso, essas pessoas não têm acesso a oportunidades educacionais e profissionais para atender ao seu pleno potencial.

Os transtornos mentais representam uma das principais causas de incapacidade no mundo. Três das dez principais causas de incapacidade em pessoas entre as idades de 15 e 44 anos são decorrentes de transtornos mentais, e as outras causas são muitas vezes associadas com estes transtornos. Estudos tanto prospectivos quanto retrospectivos enfatizam que de maneira geral os transtornos mentais começam na infância e adolescência e se estendem à idade adulta.

Tem-se ainda que os problemas relativos à saúde mental são responsáveis por altas taxas de mortalidade e incapacidade, tendo participação em cerca de 8,8 a 16,6% do total da carga de doença em decorrência das condições de saúde em países de baixa e média renda, respectivamente. Podemos citar como exemplo a ocorrência da depressão, com projeções de ser a segunda maior causa de incidência de doenças em países de renda média e a terceira maior em países de baixa renda até 2030, segundo a OMS.

Entre os problemas prioritários de saúde mental, além da depressão estão a psicose, o suicídio, a epilepsia, as síndromes demenciais, os problemas decorrentes do uso de álcool e drogas e os transtornos mentais na infância e adolescência. Nos casos de crianças com quadros psiquiátricos, estas tendem a enfrentar dificuldades importantes no ambiente familiar e escolar, além de problemas psicossociais, o que por vezes se estende à vida adulta.

Considerando tanto os declínios próprios do desenvolvimento normal quanto os prejuízos decorrentes dos transtornos mentais, torna-se necessária a criação de programas de intervenções que possam minimizar o impacto dessas condições. No escopo das ações, estas devem contemplar programas voltados para os treinos cognitivos, habilidades socioemocionais e comportamentais.

Com base nesta argumentação, o Serviço de Psicologia e Neuropsicologia do Instituto de Psiquiatria do Hospital das Clínicas da Faculdade de Medicina da Universidade de São Paulo, em parceria com a Editora Manole, apresenta a série Psicologia e Neurociências, tendo como população-alvo crianças, adolescentes, adultos e idosos.

O objetivo desta série é apresentar um conjunto de ações interventivas voltadas para pessoas portadoras de quadros neuropsiquiátricos com ênfase nas áreas da cognição, socioemocional e comportamental, além de orientar pais e professores.

O desenvolvimento dos manuais da Série foi pautado na prática clínica em instituição de atenção a portadores de transtornos mentais por equipe multidisciplinar. O eixo temporal das sessões foi estruturado para 12 encontros, os quais poderão ser estendidos de acordo com a necessidade e a identificação do profissional que conduzirá o trabalho.

Destaca-se que a efetividade do trabalho de cada manual está diretamente associada à capacidade de manejo e conhecimento teórico do profissional em relação à temática a qual o manual se aplica. O objetivo não representa a ideia de remissão total das dificuldades, mas sim da possibilidade de que o paciente e seu familiar reconheçam as dificuldades peculiares de cada quadro e possam desenvolver estratégias para uma melhor adequação à sua realidade. Além disso, ressaltamos que os diferentes manuais podem ser utilizados em combinação.

INTRODUÇÃO

O Instituto de Psiquiatria do Hospital das Clínicas da Faculdade de Medicina da Universidade de São Paulo (IPq-HCFMUSP) é o mais avançado e moderno centro de psiquiatria e saúde mental da América do Sul. A estrutura do IPq-HCFMUSP conta com ambulatórios, unidades de internação, laboratórios, serviços de diagnósticos, hospital-dia, centros de reabilitação, psicoterapia, odontologia, além de um moderno centro de neurocirurgia funcional. O IPq-HCFMUSP iniciou suas atividades em abril de 1952.

A participação da Terapia Ocupacional no tratamento dos transtornos mentais do IPq-HCFMUSP acontece desde a criação do Serviço de Terapia Ocupacional em 1964, e seus objetivos sempre visaram à melhora da ocupação, sofrendo fortes influências teóricas e científicas ao longo das épocas quanto a seus modelos de intervenção teórico e prático. Desde 2009 vem atuando na reabilitação cognitiva-funcional, pela neurociência cognitiva.

Proposta

Esta proposta de trabalho surgiu a partir da experiência de duas terapeutas ocupacionais em unidades especializadas de internação psiquiátrica e ambulatórios para pacientes adultos, com diferentes diagnósticos de transtornos mentais, realizando atendimentos terapêuticos individuais e em grupo desde 2009.

O objetivo é descrever ações para programas de intervenção para treinamento do desempenho funcional para as ocupações e organização da rotina de pacientes adultos com algum diagnóstico de transtorno mental, e presença de prejuízos em atividades e participações e da rotina.

Para quem se destina este manual

Este manual deve ser usado por terapeutas ocupacionais graduados, especialistas em saúde mental, com conhecimento em neurociência cognitiva, e treinados para a sua aplicação tanto em consultórios quanto em instituições públicas ou privadas, em formato individual ou para grupo de pessoas.

Neste manual existe um apêndice com materiais de apoio e de breve consulta. Se você estiver usando este manual fora do contexto de treinamento e supervisão, é aconselhável consultar esse recurso para obter uma lista de profissionais referenciados na área, que possam fornecer supervisão e treinamento adequados.

Nas referências bibliográficas, também há sugestões de materiais de apoio à leitura para melhor embasamento das teorias e execução do programa. É importante ressaltar que o programa pode ser adaptado e ajustado apenas por profissionais terapeutas ocupacionais qualificados, quando avaliarem necessário, ou seja, a partir de demandas identificadas no grupo atendido ou em um determinado paciente. Na parte de anexos de atividades existem indicações de atividades substitutivas para o manejo de alguns tipos de transtornos mentais: transtornos mentais agudos, transtornos alimentares, transtornos de personalidade, dependência de substâncias psicoativas (álcool e/ou drogas) e de transtornos de ansiedade e humor. Quando sugeridas as opções alternativas, o texto estará sinalizado com o símbolo de estrela (☆), ou seja, sugerem-se alternativas para aquela parte da sessão ou para toda a sessão.

Justificativa

O programa é dirigido a pessoas adultas entre 18 e 59 anos de idade, com diferentes diagnósticos de transtornos mentais, e que apresentam prejuízos no desempenho ocupacional e da rotina. Foi desenhado por duas terapeutas ocupacionais especializadas para ser aplicado em distintos serviços de saúde mental para os mais variados tipos de transtornos mentais: transtornos mentais agudos, transtornos alimentares, transtornos da personalidade, dependência de substâncias psicoativas e transtornos de ansiedade e humor, visando à melhora do desempenho ocupacional e da organização da rotina.

Este programa de intervenção de terapia ocupacional consta de oito sessões com três módulos de treinos voltados para a melhora do engajamento das ocupações e rotina. Cada módulo representa uma das áreas das atividades de vida diária e contém exercícios para o treino do desempenho ocupacional em atividades comuns do dia a dia, de acordo com os diferentes graus de exigências cognitivas e funcionais.

Os prejuízos cognitivos e funcionais dos participantes devem ser sempre avaliados e monitorados durante o processo por meio de instrumentos validados, como testes de rastreio cognitivo, avaliações da independência funcional, inventário dos papéis ocupacionais e de questionários de rotinas, antes e depois da intervenção e após algum tempo do término do programa.

Neste manual, além das atividades gerais oferecidas pelo programa, existe também uma área de anexos de atividade, com opções substitutivas que contemplam as especificidades de alguns tipos de transtornos mentais, quando necessários, considerando, portanto, as singularidades de cada doença e suas principais demandas. Nenhuma das atividades deste manual se aplica à pessoa com deficiência intelectual moderada a grave ou que não seja alfabetizada, diante da complexidade das tarefas e da necessidade de escrita e leitura.

Visto a importância da melhora da funcionalidade, qualidade de vida e bem-estar das pessoas com transtornos mentais, o treinamento do desempenho ocupacional e da rotina torna-se fundamental ao tratamento de saúde mental, indo muito além da simples repetição de exercícios ou tarefas para uma simples cópia ou desenvoltura perfeita de uma ação. Este programa visa, por meio da reabilitação cognitiva funcional, à aprendizagem para o melhor desenvolvimento da capacidade de processar, interpretar e assimilar informações e o aperfeiçoamento da capacidade para o desempenho das atividades cotidianas, diante do estado de saúde e contexto.

Além disso, este programa também evidencia os aspectos da volição e do engajamento para as ocupações baseados no Modelo de Ocupação Humana (MOHO), como fatores pertinentes para o melhor resultado da intervenção. As orientações sobre funcionalidade, incapacidade e saúde fazem parte de todo o processo, a fim de contribuir para a evolução do tratamento e a participação do indivíduo[1].

Este programa pode ser desenvolvido em qualquer tipo de serviço de saúde mental que tenha um terapeuta ocupacional especialista e treinado para o programa, como em consultórios particulares, Centros de Atenção Psicossocial (CAPS), ambulatórios de especialidades, hospitais-dia e enfermarias psiquiátricas. O profissional deve ter sempre como foco de intervenção junto à equipe multidisciplinar a ocupação humana, que quase sempre se apresenta interrompida ou deficitária nos transtornos mentais, devido à presença de prejuízos e limitações nas habilidades cognitivas e funcionais.

O treino cognitivo-funcional como instrumento de reabilitação da terapia ocupacional para a melhora do desempenho ocupacional e organização da rotina em saúde mental tem seu princípio, portanto, na reabilitação neuropsicológica. Ela é uma ciência que estuda as relações entre o cérebro, comportamento e funções cognitivas, e que atua diretamente nos déficits, com suas respectivas incapacidades, visando à melhora da funcionalidade.

A proposta de ampliar o trabalho para a capacidade de assimilação (identificação e aprendizado) e generalização (transferência do aprendizado ao mundo real) baseia-se nos estudos da Profa. Dra. Noomi Katz, sobre desempenho ocupacional e metacognição (conscientização e funções executivas) e a importância entre os componentes na prática clínica da terapia ocupacional[2].

De um modo geral, os treinos propostos nas sessões acontecem através do método Occupational Goal Intervention (OGI), das Profs. Dra. Noomi Katz e Navah Keren[3,4], é validado para a população brasileira pela terapeuta ocupacional Dra. Adriana Dias Vizzotto[5,6] e tem como objetivo traçar planos de organização e planejamento como treino das funções executivas para aprimorar a capacidade do desempenho em atividades de vida diária instrumentais.

O método OGI é uma técnica de tratamento usada para trabalhar as habilidades cognitivas, em especial das funções executivas, sobre um plano de atividades com hierarquia e metas. Nessa técnica é usada uma ficha norteadora para o aprendizado e aperfeiçoamento do desempenho ocupacional (Ficha OGI), com informações a serem preenchidas pelo usuário antes e depois da execução das tarefas da atividade, referentes à análise da ocupação em si e da avaliação sobre o próprio desempenho ocupacional (ou julgamento).

Para usar a Ficha OGI é necessário compreender que ela está dividida em quatro partes. Cada parte corresponde a uma etapa da atividade. A 1ª parte (Pare e Pense) envolve a definição da atividade a ser executada e uma meta do dia a ser alcançada sobre ela, com pré-avaliação sobre o desempenho ocupacional para o alcance da meta (ou pré-julgamento sobre o desempenho); a 2ª parte (Planeje) consta da lista de materiais a serem utilizados e as etapas das tarefas (passo a passo); a 3ª etapa (Execute a Tarefa) configura a execução das tarefas em si; e a 4ª etapa (Avalie) corresponde, enfim, à avaliação posterior sobre o próprio desempenho e a comparação sobre a estimativa inicial.

O olhar mais amplo do programa para a ocupação humana e a intervenção centrada no cliente faz referência aos aspectos da volição (engajamento para as ocupações) e das formas ocupacionais/tarefas baseadas no MOHO[7,8]. O conceito de saúde e desempenho funcional refere-se à Classificação Internacional de Funcionalidade, Incapacidade e Saúde[1].

Dessa forma, este manual constitui-se em uma ferramenta completa de terapia ocupacional para manejo clínico dos principais transtornos mentais adultos em quaisquer serviços de saúde mental, visto a cumprir seus objetivos de contribuir para a melhora da capacidade de assimilação, generalização e desempenho ocupacional, por meio do treino de ocupações, devendo refletir positivamente nas atividades de vida diária básicas, instrumentais e avançadas, favorecendo a retomada dos papéis ocupacionais e da rotina.

As intervenções deste manual não devem ser isoladas de outras terapêuticas, também fundamentais ao tratamento de saúde mental, como do acompanhamento médico, psicoterápico, nutricional, entre outras áreas profissionais.

ETAPAS OU FASES DE EXECUÇÃO

Recepção dos encaminhamentos	Os encaminhamentos poderão vir de qualquer profissional da área da saúde que identifique que o paciente tenha queixas no desempenho ocupacional e organização da rotina	O número de participantes por grupo pode variar de acordo com a disponibilidade de espaço e número de profissionais Convocação dos pacientes por telefone
Após o recebimento dos encaminhamentos, deve ser realizado o contato com o paciente e familiar ou cuidador. Nesse contato deve-se confirmar o interesse e a disponibilidade para o agendamento da triagem	O contato pode ser por telefone ou pessoalmente dentro da instituição e/ou serviço de saúde Anamnese (triagem)	Participação da família/ cuidador e paciente. Momento de levantamento da história de vida ocupacional e da doença, das queixas cognitivo-funcionais e das dificuldades no desempenho ocupacional e rotina; assim como dos desejos por novas ocupações ou melhora de habilidades funcionais. Inclusão no programa

(continua)

ETAPAS OU FASES DE EXECUÇÃO (*continuação*)

Tempo médio: 2 horas Avaliação de Terapia Ocupacional	Aplicação das baterias de avaliações cognitivo- funcionais (rastreio cognitivo e inventários de vida independente, de tarefas rotineiras e de papéis ocupacionais e outras [vide referências])	Tempo médio: 2 horas Execução do programa
Sugere-se que, quando grupo, inicie-se com pelo menos 6 participantes; e que cada programa tenha um total de 8 sessões, sem contar as que envolvem a anamnese e as avaliações	Duração: 3 meses, com 1 sessão por semana, com 2 horas de permanência cada Avaliação final	Após a finalização do grupo, os pacientes e familiares/ cuidadores passam novamente pelas mesmas avaliações iniciais. Essas escalas são passíveis de comparação
Tempo médio: 2 horas Avaliação *follow-up*	Sugerem-se novas avaliações após 3 meses do término do grupo, com reaplicação dos instrumentos usados no início e fim do programa (para verificar a manutenção da desenvoltura para as ocupações e rotina)	Tempo médio: 2 horas

CONTEÚDO COMPLEMENTAR

Os *slides* coloridos (pranchas) em formato PDF para uso nas sessões de atendimento estão disponíveis em uma plataforma digital exclusiva (**https://extranet.manoleeducacao.com.br/integra/contcomplementar.php?livroid=1341**).

Utilize o *QR code* abaixo, digite o *voucher* **HABILIDADES** e cadastre seu *login* (*e-mail*) e senha para ingressar no ambiente virtual.

O prazo para acesso a esse material limita-se à vigência desta edição.

SESSÃO I

Objetivo
Trocar informações pessoais entre os participantes; iniciar a construção de vínculos; e apresentar o programa e contrato para as sessões.

Material
- Sugere-se o uso de um computador com projetor de *slides* ou de uma apostila com as imagens dos *slides* impressas.
- Prancheta, papel, lápis, caneta.
- Tarefa de casa impressa em papel.

Procedimento

Esta primeira sessão é divida em três momentos (ou exercícios): o primeiro consiste na formação do grupo e dos vínculos, com troca de informações pessoais entre os participantes através do uso de dinâmica; o segundo, na apresentação do programa com informações sobre a importância da ocupação humana à saúde e no tratamento dos transtornos mentais, gerando discussões e buscando sensibilização dos participantes para a adesão ao programa, o que também é reforçado, no terceiro momento, com a exposição do contrato terapêutico. Ao final, é falado sobre o tema da próxima sessão e apresentada e evidenciada a importância das tarefas de casa.

Mediação

É importante sempre, antes do início das sessões, averiguar se o espaço está livre de qualquer interrupção ou imprevistos. É necessário conferir se a iluminação do ambiente está adequada à proposta da sessão e se há materiais e móveis suficientes a todos os participantes. Faz-se necessário sempre checar se os equipamentos de multimídia estão funcionando e as tarefas, impressas.

É necessário um espaço aberto e seguro para que os participantes exponham suas queixas e percepções sobre suas dificuldades de desempenho ocupacional, a falta ou perdas dos papéis ocupacionais, os apoios e barreiras do ambiente e o empobrecimento da rotina.

Os participantes também são informados quanto às condições necessárias para participar do programa ou às condições que podem prejudicar sua participação, assim como da necessidade de permanecer engajados para não desistir diante de dificuldades ou insatisfações, momentos estes em que são alertados a procurar apoio do terapeuta ocupacional.

O terapeuta ocupacional pode efetuar adaptações nas tarefas conforme for evidenciando alguma necessidade, ou utilizar algum equipamento de tecnologia assistiva para esta ou as próximas sessões, conforme disponibilidade.

Instruções gerais para todos os exercícios da sessão

Para todas as etapas desta sessão é necessário aguardar as instruções do terapeuta ocupacional.

A roda de conversa é livre e fala quem tiver vontade.

Ao final das tarefas é pedido aos participantes que comentem como foi realizá-las e se se depararam com alguma dificuldade durante os exercícios. E também, se apresentam sugestões.

No final de cada sessão, é entregue a tarefa de casa, com uma breve explicação da proposta e orientação da sua importância, já que ela dá início à sessão seguinte.

Instruções para o exercício I

É proposta a apresentação dos participantes e a construção dos vínculos, através de uma dinâmica, em roda de conversa. Primeiramente é pedido que todos digam os seus nomes, para depois dar início à proposta.

É entregue pelo terapeuta ocupacional a cada participante um conjunto com prancheta, papel e caneta. Nesse papel já está impresso um questionário com perguntas pessoais relacionadas a ocupações, gostos e desejos.

Todos os participantes deverão responder esse questionário e, posteriormente, devolvê-lo ao terapeuta ocupacional.

> **Exercício 1 – Questionário de interesses pessoais (*slide* 1.1)**
> 1. Qual a sua formação acadêmica?
> 2. Qual o seu atual ou último trabalho?
> 3. O que você gosta de fazer nos seus momentos livres ou de lazer?
> 4. O que você não gosta de fazer e é obrigado(a) a fazer?
> 5. Você mora com quem?
> 6. Qual a sua música preferida?
> 7. Quais sonhos de vida você já realizou e quais sonhos você ainda não realizou e deseja realizar?

Quando todos os questionários forem entregues ao profissional, devem-se embaralhá-los juntos, e, em seguida, devolvê-los aos participantes de forma aleatória.

Cada participante receberá de volta um dos questionários preenchidos, que não pode ser o seu. Cabe lembrar que não poderá haver dados de identificação neles, mantendo o sigilo total sobre o autor das respostas.

As respostas dos questionários deverão ser lidas, uma de cada vez, por quem estiver em posse deles, com o intuito de o restante do grupo e o leitor descobrirem quem o preencheu, tentando associar as respostas com a imagem e as características de uma pessoa do grupo.

Quando todos lerem os questionários, passa-se para o segundo exercício.

Instruções para os exercícios 2 e 3

Os outros momentos são feitos por meio de apresentação dos *slides* com objetivo de educar e informar sobre os principais temas do programa e reafirmar o contrato de participação.

É feita a apresentação educativa dos conceitos de ocupação humana, desempenho ocupacional, e de funcionalidade, incapacidade e saúde.

É discutida a associação dos transtornos mentais às incapacidades, sensibilizando a importância de se trabalhar, também, a ocupação humana e rotina junto ao tratamento de saúde mental.

> **Exercício 2 – Ocupação humana (*slide* 1.2)**
> - Refere-se a todas as atividades que o ser humano faz no seu dia a dia dentro de um contexto histórico, físico, social e cultural.
> - A ocupação humana pode ser caracterizada pela relação dinâmica entre três subsistemas: a motivação para a ocupação (volição); a capacidade de assumir comportamentos consistentes relacionados a hábitos e papéis (habituação); e a habilidade para fazer (capacidade de desempenho), sofrendo influência dos contextos externo e interno da pessoa.

São apresentados os critérios para indicação de inclusão no programa e as principais dificuldades que podem ser encontradas no desempenho ocupacional e rotina para alguns tipos de transtornos mentais.

É exposto o contrato terapêutico do programa e as informações quanto ao tempo de duração, frequência e objetivos das sessões, assim como a necessidade da realização de tarefas de casa para melhor aproveitamento do programa, e sequência das sessões.

Desempenho ocupacional ou treino funcional para as ocupações

O desempenho ocupacional é a habilidade de realizar rotinas e desempenhar atividades e participações, em resposta às demandas do meio externo e interno da pessoa (*slide* 1.3).

Áreas do desempenho ocupacional:

- Atividades de vida diária básicas (*slide* 1.4).
- Atividades de vida diária instrumentais (*slide* 1.5).
- Atividades de vida diária avançadas (*slide* 1.6).

O que é rotina?

É tudo aquilo que se faz todos os dias e no mesmo horário. Que ajuda a controlar melhor o tempo e garantir que as coisas que precisam ser feitas no dia sejam lembradas, organizadas e concluídas.

A rotina garante manter hábitos e dá segurança para lembrar daquilo que não pode ser esquecido, como: tomar banho, preparar refeições, beber água, tomar a medicação, pagar contas, ir ao médico, etc. Além, é claro, de auxiliar na memória de eventos importantes da vida, como: aniversários de familiares, aniversário de casamento, entre outros (*slides* 1.7).

Rotina e papéis ocupacionais

Veja *slide* 1.8.

Incapacidade, funcionalidade e saúde

O estado de saúde de uma pessoa está diretamente associado a sua funcionalidade e incapacidade, ou seja, a presença ou não de deficiências nas estruturas e funções do corpo; limitações ou restrições na capacidade e desempenho de atividades e participações, considerando os fatores facilitadores ou barreiras ambientais e pessoais (*slide* 1.9).

Transtornos mentais graves

Ver slides 1.10☆ e 1.11☆ e "Anexo de atividades".

Incapacidade, desempenho ocupacional e rotina

A rotina é um aglomerado de ocupações habituais que normalmente condizem com a idade biológica.

O desempenho ocupacional acontece conforme a capacidade funcional e cognitiva. Durante a realização de uma atividade, várias funções são ativadas (físicas, cognitivas e emocionais), podendo influenciar positivamente ou negativamente o desempenho ocupacional.

Quando alguma função está deficitária, as tarefas podem ficar incompletas ou não acontecer. Quando se deixa de fazer uma ocupação por alguma dificuldade, a rotina também tende a ficar limitada, favorecendo o adoecimento (*slide* 1.12).

Indicação para treino do desempenho ocupacional

- Quando não houver volição (motivação para a ocupação).
- Quando apresentar dificuldades para se engajar em uma atividade.

- Quando apresentar dificuldades para realizar as atividades básicas do dia a dia.
- Quando precisar da ajuda de outra pessoa para escolher ou fazer algo por você.
- Quando desejar fazer algo que não consegue e desiste de fazer.
- Quando sofrer riscos de vida durante a realização de tarefas.
- Quando tiver dificuldade para interagir com outras pessoas e de participar de grupos (*slide* 1.13).

Indicação para treino de organização da rotina

- Quando não houver uma rotina.
- Quando não conseguir repetir as ocupações, todos os dias e nos mesmos horários.
- Quando algumas importantes ocupações forem insuficientes ou inexistentes.
- Quando o tempo gasto em alguma ocupação for desproporcional em comparação às demais.
- Quando as atividades de vida diária básicas não acontecerem todos os dias.
- Quando houver o desejo por mudanças (pela inserção ou exclusão de atividades) (*slide* 1.14).

Treino do desempenho ocupacional

- Treino do desempenho ocupacional por meio de exercícios de atividades comuns do dia a dia, feitas em etapas e conforme os diferentes níveis de complexidade.
- Aprendizagem da capacidade de processar, interpretar e assimilar informações; e aperfeiçoamento da capacidade para o desempenho das tarefas cotidianas, considerando seu estado de saúde, suas características pessoais e ambientais.
- Ensino de adaptações e estratégias para melhor realização das atividades (*slides* 1.15 e 1.16).

Treino de organização da rotina

- Orientação para atitudes de responsabilidade, compromissos e pontualidade.
- Treino de hábitos e papéis ocupacionais (atividades com dias e horários predeterminados).
- Treino de planejamento e organização da rotina.
- Treino de monitoramento e resolução de intercorrências ou problemas.
- Treino do uso de recursos de apoio (agenda, murais, alarme, etc.) (*slides* 1.17 e 1.18).

Exercício 3 – Programa e contrato (*slide* 1.19)
- Duração: 8 sessões
- Frequência: 1 encontro por semana com 2 horas de duração
- Horário: _____
- Data de início: _____
- Data do término: _____

Módulos:
- Atividades de vida diária básicas.
- Atividades de vida diária instrumentais.
- Atividades de vida diária avançadas.

Quais são os requisitos para participar deste programa?

- Realizar sessões regulares (não faltar).
- O programa requer prática fora das sessões e a realização de tarefas de casa.
- Resistir ao desejo de desistir ou não cumprir as tarefas propostas.
- O programa terá altos e baixos; por vezes, haverá repetições (*slide* 1.20).

Fechamento

Esta sessão é finalizada com o agendamento da próxima sessão e uma breve explicação da proposta (as áreas das atividades de diária: básicas, instrumentais e avançadas), e a solicitação e orientação para a tarefa de casa. Evidencia-se a necessidade da realização das tarefas de casa no processo de aprendizagem sobre o desempenho ocupacional, lembrando que elas dão início à sessão seguinte.

Instruções para a tarefa de casa para a próxima sessão

Entrega do material, o diário de ocupações.

Trazer o diário de ocupações preenchido com o nome das atividades feitas ao longo da semana, com os horários de início e fim.

É reforçada a importância da realização das tarefas de casa para o aperfeiçoamento dos treinos feitos durante as sessões e a continuidade dos exercícios para os próximos encontros, lembrando que todas as tarefas de casa dão início às sessões seguintes (*slide* 1.21).

Anexo de atividades

☆ Transtornos alimentares

Ver *slide* 1.10.

Exemplos de incapacidades comuns nos transtornos alimentares:

- Dificuldade em lidar com a própria imagem e forma corporal.
- Dificuldade em participar de atividades sociais e de lazer.
- Dificuldade de realizar e participar de atividades de educação e trabalho.
- Dificuldade de realizar ações e tarefas domésticas.
- Dificuldade em controlar as emoções e o comportamento (*slide* 1.22☆).

☆ Transtornos de personalidade

Ver *slide* 1.23☆.

Exemplos de incapacidades comuns nos transtornos de personalidade:

- Dificuldade em participar de atividades sociais e de lazer.
- Dificuldade de realizar e participar de atividades de educação e trabalho.
- Dificuldade de realizar ações e tarefas domésticas.
- Dificuldade em controlar as emoções.
- Dificuldade de controlar os impulsos (*slide* 1.24☆).

☆ Transtornos mentais e comportamentais devido ao uso de múltiplas drogas e de outras substâncias psicoativas

Ver *slide* 1.25☆.

Exemplos de incapacidades comuns nos transtornos mentais e comportamentais devido ao uso de múltiplas drogas e de outras substâncias psicoativas:

- Dificuldade em realizar atividades de cuidados pessoais.
- Dificuldade de realizar ações e tarefas domésticas.
- Dificuldade em administrar dinheiro.
- Dificuldade de realizar e participar de atividades de educação e trabalho.
- Dificuldade em participar de atividades sociais e de lazer.
- Dificuldade em seguir regras e obedecer a hierarquias (*slide* 1.26☆).

☆ Transtornos de ansiedade e humor

Ver *slide* 1.27☆.

Exemplos de incapacidades comuns nos transtornos de ansiedade e humor:

- Dificuldade em realizar atividades de cuidados pessoais.
- Dificuldade de realizar ações e tarefas domésticas.
- Dificuldade de realizar e participar de atividades de educação e trabalho.
- Dificuldade em participar de atividades sociais e de lazer.
- Dificuldade em seguir regras e obedecer a hierarquias (*slide* 1.28☆).

SESSÃO 2

Objetivo
Treino de rotina e conscientização para organização e monitoramento das ocupações.

Material
- Sugere-se o uso de *slides* por computador ou de uma apostila ilustrativa.
- Uso de projetor quando possível, para apresentar a aula em *slides*.
- Lápis de cor, papéis e pranchetas.
- Tarefa de casa impressa em papel.

Procedimento

A Sessão 2 acontece a partir da tarefa de casa, o diário de ocupações, e encontra-se dividida em dois momentos (exercícios). No primeiro, o terapeuta ocupacional entrega os materiais de apoio e faz a apresentação dos *slides* sobre as áreas da vida, com as principais atividades e graus de complexidade. Após a apresentação, é pedido aos participantes que tentem caracterizar suas ocupações (descritas no diário de ocupações) de acordo com as áreas da vida e analisem criticamente a composição de suas rotinas (em relação aos tipos de atividades, frequência e qualidade). Em seguida, é pedido que identifiquem quais são as áreas que se apresentam mais deficitárias ou aumentadas. No segundo momento, é feita uma roda de discussão sobre os achados do primeiro exercício. No fechamento, o profissional deve sempre reforçar a importância das ocupações para a saúde mental e qualidade de vida e bem-estar, além de comentar a sessão seguinte, a Sessão 3, das atividades de vida diária básicas, e fazer a entrega e explicação da tarefa de casa.

Mediação

É importante que haja um espaço com luz ambiente suficiente para a projeção dos *slides* ou visualização das folhas impressas e realização dos exercícios, assim como de um ambiente protegido de ruídos que possam vir a atrapalhar a sessão.

É necessário sempre, antes das sessões, averiguar se os materiais que serão utilizados são suficientes a todos os participantes, assim como cadeiras e mesas. É necessário conferir se os equipamentos de multimídia que serão utilizados estão funcionando.

A presença do terapeuta ocupacional durante o exercício possibilita a observação dos participantes, podendo auxiliar na condução da atividade caso haja alguma dúvida.

Os participantes são informados que a qualquer momento dos exercícios eles podem interromper, caso haja alguma dúvida em relação ao que está sendo exposto ou realizado naquele instante.

As dúvidas referentes ao treino das atividades em domicílio, durante o decorrer da semana, podem ser discutidas no início e fim de cada sessão. É importante informá-los que há espaços abertos para conversas e dúvidas sobre as dificuldades que encontraram na tentativa de aplicar o que foi aprendido durante as sessões em domicílio.

O terapeuta ocupacional pode efetuar adaptações nas tarefas conforme for evidenciando alguma necessidade, ou utilizar algum equipamento de tecnologia assistiva para esta ou as próximas sessões, conforme disponibilidade.

Instruções gerais para todos os exercícios da sessão

Para todas as etapas dos exercícios é necessário aguardar as instruções do terapeuta ocupacional para começarem todos juntos.

Ao final de toda tarefa, é pedido que os participantes comentem como foi realizá-las e se apresentaram alguma dificuldade durante a execução.

No final de cada sessão, é apresentado o tema da próxima sessão e entregue a tarefa de casa, com uma breve explicação da proposta e da orientação quanto a sua importância.

Ver *slide* 2.1.

QUADRO 1   Áreas da vida diária – ocupação humana (*slide* 2.1)

Atividades de vida diária básicas

- Cuidados com a saúde e com o corpo
- Alimentação
- Higiene
- Sono

Atividades de vida diária instrumentais

- Cuidados com a casa
- Cuidados com outra pessoa
- Preparar uma refeição
- Fazer compras
- Manuseio do dinheiro
- Mobilidade na comunidade
- Uso do telefone

Atividades de vida diária avançadas

- Comunicação
- Atividades sociais e religiosas
- Eventos familiares e amigos
- Atividades físicas
- Lazer e entretenimento
- Estudo e trabalho

QUADRO 2   Graus de complexidade do desempenho ocupacional (*slide* 2.2)

Fatores pessoais	Fatores ambientais
- Espiritualidade - Autocontrole - Autoeficácia - Habilidades sociais - Habilidades emocionais - Habilidades cognitivas - Habilidades físicas - Habilidades sensoriais - Motivos externos - Motivos internos/interesses	- Apoio social - Cultura/etnia - Escolaridade - Condição socioeconômica - Acessibilidade

Instruções para o exercício 1

Entrega dos materiais de apoio. Os participantes são orientados a fixar o diário de ocupações na prancheta.

Com auxílio de 3 lápis de cores diferentes (de livre escolha), são instruídos a sublinhar as atividades do diário de ocupações que correspondem a cada uma das três áreas da vida (atividades de vida diária básicas [ABVD], atividades de vida diária instrumentais [AIVD] e atividades de vida diária avançadas [AVDA]). É necessário definir uma única cor de lápis para cada uma das áreas, e em seguida sublinhar todas as atividades que correspondem a ela (p. ex., a cor azul representa as ABVD, e, portanto, todas as atividades que correspondam a essa área terão que ser grifadas de azul, como: tomar banho, escovar os dentes, alimentar-se, entre outras).

São orientados a realizar o exercício seguindo linha a linha, e utilizando o *slide* 2.3 de apoio.

Ao final da caracterização das atividades por áreas da vida, é solicitado que analisem quais áreas se apresentam mais aumentadas ou deficitárias.

Quando todos encerrarem este exercício, passa-se para o exercício seguinte.

Instruções para o exercício 2

Inicia-se uma roda de conversa sobre o tema da rotina, a qualidade das atividades que vêm sendo desenvolvidas e a proporcionalidade entre cada uma delas.

Os participantes são estimulados a expressarem suas percepções sobre a própria rotina e a refletirem quanto à necessidade por mudanças e equilíbrio entre as áreas da vida.

Ao final do exercício, é aberta uma nova discussão sobre os desejos e novos projetos de vida relacionados às ocupações (*slide* 2.4).

Fechamento

Esta sessão é finalizada com o agendamento da próxima e uma breve explanação sobre seu tema, "Atividades de vida diária básicas", e a apresentação da tarefa de casa para a próxima sessão. Evidencia-se, novamente, a importância de se ter um padrão de ocupações e de realizar o monitoramento constante de suas atividades.

Instruções para a tarefa de casa para a próxima sessão

É dado aos participantes um novo diário de ocupações para ser preenchido e entregue no próximo encontro com a descrição de uma rotina de desejos e sonhos (que contemplem os seus sonhos e desejos por atividades, independentemente de serem possíveis ou não de ser realizadas) (*slide* 2.5).

É reforçada a importância da realização das tarefas de casa para o aperfeiçoamento do aprendizado e a continuidade dos exercícios para os próximos encontros, lembrando que todas as tarefas de casa dão início às sessões seguintes.

SESSÃO 3

Objetivo
Treino de atividades de vida diária básicas: autocuidado e rotina.

Material
- Apresentação de *slides* por meio de recursos de multimídia ou impressos.
- Impressos do *checklist* de monitoramento para as práticas de atividades de vida diária básicas e de atitudes e hábitos saudáveis; e das instruções para o exercício de relaxamento e respiração diafragmática.
- Músicas com sons leves da natureza e colchonetes.
- Folhas em branco para a tarefa de casa.

Procedimento

Esta sessão acontece em três momentos (exercícios): o primeiro com a retomada da tarefa de casa, o diário de ocupações dos desejos e sonhos, em uma breve apresentação livre pelos participantes em roda de conversa. O segundo, também em roda de conversa, acontece com a discussão sobre os conceitos de autocuidado e de atitudes e hábitos de vida saudáveis. São apresentadas e discutidas as implicações dos transtornos mentais no desempenho das ocupações e a presença de prejuízos nas atividades de vida diária básicas nos *slides* desta sessão, assim como das principais características dessas atividades e os graus de exigências cognitivas e funcionais para um bom desempenho ocupacional. No terceiro, é apresentado o modelo de *checklist* de monitoramento para atividades de vida diária básicas e de atitudes e hábitos de vida saudáveis. Ao final, é proporcionado um exercício de relaxamento e respiração diafragmática de fácil aplicação para fazer no domicílio, e que ajuda no trabalho de consciência corporal e alívio do estresse, ansiedade e tensão. Também são apresentados o tema da sessão seguinte e a tarefa de casa.

Mediação

Conferir se a iluminação da sala está adequada às propostas dos exercícios, se a disponibilidade de materiais e mobílias são suficientes e se há ruídos na sala antes do início da sessão. Conferir se os equipamentos de multimídia e som estão funcionando bem.

Assegurar que as apresentações dos diários de ocupações dos desejos e sonhos sejam livres e que haja respeito entre os participantes durante a escuta.

Informar que, a qualquer momento desses exercícios, os participantes podem interromper caso tenham qualquer dúvida em relação ao que está sendo exposto e praticado no momento.

As dúvidas referentes aos treinos das atividades aprendidas nas sessões em domicílio, durante a semana, podem ser discutidas no início e fim de cada sessão.

O terapeuta ocupacional pode efetuar adaptações nas tarefas conforme for evidenciando alguma necessidade, como a substituição do colchonete por uma cadeira, caso o participante prefira ou sua condição física não permita, ou utilizar algum equipamento de tecnologia assistiva para esta ou as próximas sessões, conforme disponibilidade.

Instruções gerais para todos os exercícios da sessão

Para esta sessão, é importante que os participantes expressem os seus conhecimentos ou entendimentos sobre autocuidado e as suas principais dificuldades para desempenhar essas ocupações e ter atitudes e hábitos de vida saudáveis no dia a dia.

Cabe aqui fomentar as discussões com uso dos *slides*, por meio de recursos de multimídia ou impressos.

Apresentação do *checklist* de monitoramento para atividades de vida diária básicas e de atitudes e hábitos de vida saudáveis para o uso diário.

Para a prática do relaxamento e respiração diafragmática, é importante que o ambiente esteja sem ruídos, com pouca luz e com música ambiente leve. Fazem-se necessários colchonetes para melhor aproveitamento da prática.

Instruções para o exercício 1

Formar uma roda de conversa e pedir aos participantes, caso queiram, que apresentem seu diário de ocupações dos desejos e sonhos. É possível que os demais participantes comentem, desde que se respeitem.

Não são permitidas interferências negativas ou pejorativas em relação aos sonhos e desejos, e, muito menos, comentários quanto às incapacidades e impossibilidades de se alcançar essas ocupações. Este deve ser, portanto, um momento livre de expressão de sonhos e desejos, em que não há certo e nem errado; é livre de qualquer crítica ou barreiras.

Neste momento é oportuno que o terapeuta ocupacional identifique as demandas pessoais de cada participante e o perfil por ocupações. É possível, também, identificar a presença ou não de motivação por mudanças ou novas ocupações (*slide* 3.1).

Instruções para o exercício 2

Ainda em roda de conversa, pedir aos participantes que exponham livremente suas compreensões sobre autocuidado e identifiquem quais atividades do seu dia a dia eles consideram como parte do autocuidado.

Pedir aos participantes, também, que exponham livremente seus entendimentos sobre atitudes e hábitos de vida saudáveis e identifiquem quais das suas atividades fazem parte dessa prática.

Apresentar e discutir as principais características das atividades de vida diária básicas e os graus de exigência cognitivo-funcional para um bom e seguro desempenho dessas ocupações.

Discutir as implicações dos transtornos mentais no desempenho ocupacional para o autocuidado.

É recomendável utilizar como apoio às discussões os recursos de multimídia ou os *slides* 3.2 a 3.7 a impressos.

Autocuidado, saúde mental e qualidade de vida

O autocuidado vai desde os cuidados de saúde (acompanhamento médico e multidisciplinar periódico e uso de medicação) até as tarefas cotidianas de cuidados com o corpo, cabelo, unhas, pele, banho, uso do vaso sanitário, vestimenta, mobilidade, alimentação, sono, entre outras, que são essenciais à sobrevivência humana.

> **Exercício 2 – Roda de conversa – autocuidado (*slide* 3.2)**
>
> Convido a pensar e refletir sobre os seus cuidados consigo mesmo no seu dia a dia:
>
> - O que é autocuidado? Como você tem cuidado de si mesmo?
> - Quando foi a última vez que você se preocupou consigo mesmo?
> - Tem alguma atividade de autocuidado que você vem apresentando dificuldades para realizar ou precisa da ajuda de outra pessoa?

Com o adoecimento, muitas vezes as pessoas deixam de realizar o autocuidado, seja por falta de energia, desmotivação, cansaço ou insatisfação com a própria imagem ou forma corporal, favorecendo assim o adoecimento (*slide* 3.8).

Ao cuidar de si mesmo todos os dias, você está ajudando a prevenir doenças, tanto clínicas quanto emocionais, e aumentando suas chances para uma vida mais saudável e com melhor qualidade de vida e bem-estar.

A prática diária do autocuidado tende a aumentar a autoestima e tornar mais positiva a relação com a vida. É durante a realização dessas atividades que se fortalece a relação entre a mente e o corpo, promovendo melhor aceitação da imagem e forma corporal, identidade pessoal, dando mais coragem para enfrentar as dificuldades da vida e gerando mais motivação para seguir-se engajando e buscando por novos desafios (*slide* 3.9).

Autocuidado, portanto, é cuidar-se de si próprio; é prestar atenção aos sinais do corpo e as necessidades da mente; é fazer algo positivo em relação a si mesmo.

É aprimorar o estilo de vida, evitando hábitos ruins e adotando atitudes e hábitos mais positivos em relação ao próprio corpo e à saúde. É evitar comportamentos de risco e negligências; é tomar posturas mais assertivas com a imagem e forma corporal, visando à melhor aceitação, qualidade de vida e bem-estar (*slide* 3.10).

☆ Dificuldades nas atividades de vida diária básicas nos transtornos mentais graves

- Dificuldade nos cuidados gerais com o corpo e a saúde.
- Dificuldade em tomar a medicação e ir às consultas médicas e de equipe multidisciplinar.
- Dificuldade em manter uma rotina de escovação dos dentes e banho.

- Dificuldade com a quantidade e a qualidade dos alimentos ingeridos.
- Dificuldade nos cuidados de uso de métodos preventivos durante as relações sexuais (*slide* 3.11).

Exercício 3 – *Checklist* **de monitoramento para atividades de vida diária básicas e de atitudes e hábitos de vida saudáveis (***slide*** 3.12)**

O que eu fiz pelo meu corpo e mente hoje?

Higiene

Tomei banho hoje? ( ) sim ( ) não

Se sim, quantos? ( )

Escovei meus dentes? ( ) sim ( ) não

Se sim, quantas vezes? ( )

Meu cabelo está arrumado hoje? ( ) sim ( ) não

Sono

Sinto-me descansado(a) hoje? ( ) sim ( ) não

Por quantas horas dormi essa noite? ( )

Alimentação e consu mo de água

Consegui me alimentar bem hoje e cumprir todas as refeições?
( ) sim ( ) não

Conseguir beber uma quantidade de água suficiente hoje?
( ) sim ( ) não

Atividade física

Eu realizei hoje alguma atividade física? ( ) sim ( ) não

Se sim, por quanto tempo? ( )

Fiz alguma atividade de meditação ou relaxamento? ( ) sim ( ) não

Se sim, por quanto tempo? ( )

Dor e emoção

Como está o meu humor hoje? _____

Estou sentindo dores hoje? ( ) sim ( ) não

Se sim, qual? _____

Avaliação

Como eu avalio os cuidados que dei ao meu corpo e mente hoje
(de 0 a 10)? ( )

Instruções para o exercício 3

Apresentação e amostragem da utilização do *checklist* de monitoramento para atividades de vida diária básicas e de atitudes e hábitos de vida saudáveis, autoaplicativo para uso diário em domicílio.

Para a prática de relaxamento e respiração diafragmática, é necessário um ambiente tranquilo, com pouca iluminação e uma música ambiente leve, com sons da natureza (de preferência). É solicitado a todos que deitem em seus colchonetes e acompanhem as orientações dadas pelo terapeuta ocupacional. Quando estiverem em suas casas, podem realizar essa prática sobre o colchão de suas camas.

O terapeuta ocupacional recomenda o uso do *checklist* de monitoramento para atividades de vida diária básicas e de atitudes e hábitos de vida saudáveis e da prática de relaxamento e respiração diafragmática – todos os dias em suas casa ao acordar e antes de dormir (*slide* 3.12).

Relaxamento e respiração diafragmática

1. Deite-se em uma superfície reta e feche os olhos.
2. Imagine que tem uma "bexiga" na boca do seu estômago.
3. Inspire contando até 3, tentando inflar a "bexiga".
4. Solte o ar contando até 6, imaginando um pequeno furinho na "bexiga".
5. Repita durante 10 minutos inicialmente e quando se sentir confortável por 15 minutos.
6. Se estiver difícil soltar o ar contando até 6, faça primeiro contando até 4, depois até 5, e quando conseguir, contando até 6. O importante é soltar o ar por mais tempo do que puxou (*slide* 3.13).

Fechamento

Esta sessão é finalizada com o agendamento da próxima e uma breve explanação sobre o tema, o desempenho ocupacional: administração de medicação; e a solicitação e orientação da tarefa de casa para a próxima sessão. Evidencia-se, novamente, a importância de manter e realizar o autocuidado e de ter atitudes e hábitos mais saudáveis de vida. É pedido que tentem usar o *checklist* de monitoramento para atividades de vida diária básicas e de atitudes e hábitos de vida saudáveis e façam o exercício de relaxamento e respiração diafragmática, todos os dias, de manhã e à noite. Caso haja dúvidas, solicitar que tragam no próximo encontro.

Observação: entregar aos participantes as folhas impressas com o modelo de *checklist* de monitoramento para atividades de vida diária básicas e de atitudes e hábitos de vida saudáveis e do exercício de relaxamento e respiração diafragmática

Instruções para a tarefa de casa para a próxima sessão

É entregue uma folha em branco para a tarefa de casa para que tragam o máximo de informações sobre as medicações em uso: nomes das medicações; o que trata cada remédio; dosagem e frequência de uso; datas de compra e/ou retirada na farmácia; dias da consulta médica e da equipe multidisciplinar; e outras informações pertinentes.

É reforçada a importância da realização da tarefa de casa para o aperfeiçoamento dos aprendizados das sessões; e deve-se lembrá-los que elas dão início às próximas sessões.

Anexo de atividades para os diferentes transtornos mentais

☆ Transtornos alimentares

Dificuldades nas atividades de vida diária básicas nos transtornos alimentares:

- Dificuldades nos cuidados com o corpo e a saúde.
- Dificuldade de aceitação da imagem e da forma corporal.
- Dificuldade de buscar ajuda médica e de equipe multidisciplinar.
- Dificuldade na ingestão alimentar.
- Falta de energia (*slide* 3.14☆).

☆ Transtornos de personalidade

Dificuldades nas atividades de vida diária básicas nos transtornos de personalidade:

- Dificuldades nos cuidados com o corpo e a saúde.
- Dificuldade de buscar ajuda médica e de equipe multidisciplinar.

- Dificuldade com uso de métodos preventivos durante as relações sexuais.
- Dificuldade em controlar comportamentos de risco (*slide* 3.15☆).

☆ Transtornos mentais e comportamentais devido ao uso de múltiplas drogas e de outras substâncias psicoativas

Dificuldades nas atividades de vida diária básicas nos transtornos mentais e comportamentais devido ao uso de múltiplas drogas e de outras substâncias psicoativas:

- Dificuldades nos cuidados com o corpo e a saúde.
- Dificuldade de buscar ajuda médica e de equipe multidisciplinar.
- Dificuldade com uso de métodos preventivos durante as relações sexuais.
- Dificuldade em controlar comportamentos de risco.
- Dificuldade com a ingestão de álcool e drogas (*slide* 3.16☆).

☆ Transtornos de ansiedade e humor

Dificuldades nas atividades de vida diária básicas nos transtornos de ansiedade e humor:

- Dificuldades nos cuidados com o corpo e a saúde.
- Falta de motivação.
- Desregulação do sono (*slide* 3.17☆).

SESSÃO 4

Objetivo
Treino de atividades de vida diária básica e rotina: administração da medicação.

Material
- Recursos de multimídia ou *slides* impressos.
- Fichas do método OGI impressas.
- Materiais diversos de papelaria: cortiça natural, madeira, papel cartão colorido, folhas de EVA coloridas, folhas em branco, lápis de cor, canetinhas coloridas, giz de cera, lápis e borracha, tesoura e régua, tarraxas, imã, velcros e outros materiais pertinentes.
- Tarefa de casa impressa.

Procedimento

A Sessão 4 envolve dois momentos (exercícios) com o uso da Ficha OGI, adaptada para o Serviço de Terapia Ocupacional do IPq-HCFMUSP (*slide* 4.1). O primeiro consta da elaboração e construção de um mural de monitoramento para administração de medicação; e o segundo, sobre a tomada da medicação. É sempre importante ressaltar que o modo como se planeja e executa o treino para o desempenho ocupacional é padrão para qualquer outra ocupação e, portanto, realizá-lo e praticá-lo torna-se fundamental para um melhor aprendizado e aperfeiçoamento da capacidade de assimilação e generalização. A Ficha OGI deve ser utilizada de acordo com as instruções contidas nela. Ao final da sessão, são passadas as orientações sobre o uso do mural em domicílio e a tarefa de casa para o próximo encontro, a Sessão 5, dando início às atividades de vida diária instrumentais.

Observação: deve se considerar que o uso da medicação seja feito por todos os participantes, tornando uma atividade única a todos. Caso haja algum participante que no momento do grupo não esteja fazendo uso de medicação, deve-se considerar o treino mesmo assim, já que em algum momento da vida poderá fazer uso de algum tipo (não necessariamente medicação psiquiátrica). Torna-se fundamental, portanto, o treino desta atividade devido aos riscos gerados por uma má administração.

Mediação

Conferir se o ambiente está adequado antes do início dos exercícios: iluminação da sala satisfatória, disponibilidade suficiente de materiais e mobílias e presença de ruídos na sala que possam vir a atrapalhar a sessão. É importante que os materiais estejam contados e sob controle do terapeuta ocupacional, principalmente aqueles do tipo perfurocortantes. Faz-se necessária a segurança total do ambiente.

Assegurar que as explicações sobre o uso da Ficha OGI estejam claras antes de iniciar as tarefas (*slide* 4.1).

Informar que, a qualquer momento das etapas da Ficha OGI, os participantes podem interromper e chamar o terapeuta ocupacional caso haja dúvida em relação ao que está sendo pedido no instrumento.

Durante a execução da atividade, o terapeuta ocupacional deve observar o desempenho cognitivo-funcional de cada participante, ofertando apoio quando necessário e sempre reforçando a importância de seguir as etapas descritas na Ficha OGI, visando ao uso mais correto do instrumento e do aprendizado.

O terapeuta ocupacional pode efetuar adaptações nas tarefas conforme for evidenciando alguma necessidade, ou utilizar algum equipamento de tecnologia assistiva para esta ou as próximas sessões, conforme disponibilidade.

Instruções gerais para todos os exercícios da sessão

Uso da Ficha OGI (conforme as instruções contidas nela) para os dois exercícios.

É necessário aguardar as orientações do terapeuta ocupacional para começarem todos juntos e em um tempo de duração médio predeterminado para cada momento.

Deve-se assegurar que todos os participantes receberam as Fichas OGI e que a execução da atividade só se inicie após o preenchimento da primeira e segunda etapa. É importante que tentem memorizar as etapas e consulte-as apenas se houver necessidade.

É solicitado que todos os murais sejam confeccionados com espaço suficiente para caber todas as informações referentes a frequência (dia, período e horário), nome e quantidade das medicações, datas das consultas médicas e multidisciplinares, presença de efeitos colaterais das medicações, dia de compra ou retirada dos medicamentos na farmácia, entre outras.

É solicitado que, após a elaboração e construção do mural, os dados sobre as medicações e consultas de saúde sejam colocados nele (*slide* 4.2).

Quanto à tomada da medicação, é necessário também que esteja tudo bem descrito passo a passo na Ficha OGI, a fim de garantir um controle mais seguro sobre a tarefa.

É sempre orientado o treino dos aprendizados da sessão em casa.

Apresentar a tarefa de casa para a próxima sessão.

Instruções para o exercício I

Entrega e apresentação da Ficha OGI, com breve explicação sobre esta técnica de tratamento e as propostas em si. Informar que a Ficha OGI é usada como um modelo de execução para atividades a ser aprendido e reproduzido em outros ambientes, com objetivos de melhorar as funções cognitivas, em especial as funções executivas, e promover mudanças positivas no desempenho ocupacional.

É importante informar que a Ficha OGI será usada em todas as sessões seguintes do programa. Ela deverá, também, ser utilizada em casa e outros ambientes, para qualquer atividade, a fim de garantir o aprendizado e a capacidade de assimilação e generalização.

A proposta do exercício é que os participantes criem, com o auxílio da Ficha OGI, um mural de monitoramento para administração de medicação, objetivando auxiliá-los no desempenho dessa ocupação. No mural, é importante que haja o máximo de informações necessárias para o uso mais adequado e seguro da medicação.

Para elaboração do mural é necessário que o terapeuta ocupacional deixe já disponível todos os materiais que poderão ser utilizados na confecção desse produto (e que estejam expostos em uma mesa ou armário). A escolha dos materiais é livre e deve estar contida na descrição dos objetos que serão utilizados na lista de materiais da Ficha OGI. Deve-se lembrá-los sempre da importância de averiguar antes do início da execução se todos os materiais que serão usados foram listados e selecionados.

Depois de dadas as orientações, o terapeuta ocupacional deve solicitar a todos que leiam as etapas da Ficha OGI com muita atenção e que sigam cada uma das etapas em ordem quando solicitados. É importante sinalizar que a Ficha OGI consta de 4 etapas, e que elas representam momentos diferentes da execução de uma atividade.

Peça aos participantes que iniciem cada etapa da atividade sempre juntos quando orientados pelo profissional. Conforme a Ficha OGI, o início da atividade se dá com o preenchimento dos dados referentes à escolha da atividade, a meta a ser alcançada sobre ela no dia e as expectativas (ou julgamento) em relação ao desempenho ocupacional (1ª etapa). Após o preenchimento desses dados, é pedido que listem os materiais que serão utilizados e descrevam as etapas da tarefa (2ª etapa). Depois dessas duas etapas, inicia-se a execução da tarefa (3ª etapa). Depois de concluída a tarefa, realiza-se a segunda avaliação sobre o desempenho ocupacional vivido (4ª etapa).

É pedido que as informações trazidas de casa sobre as medicações e consultas médicas e de equipe multidisciplinar sejam preenchidas no mural. Deve-se assegurar que esse programa também esteja contemplado e que haja um espaço para os lembretes das tarefas de casa.

É importante que o terapeuta ocupacional informe o tempo máximo disponível para o exercício, lembrando que o tempo estimado proposto por eles na Ficha OGI deve ser sempre igual ou inferior ao oferecido pelo terapeuta ocupacional.

É fundamental que o terapeuta ocupacional tente minimamente interferir na organização, no planejamento e na execução da atividade, a fim de avaliar as dificuldades de cada participante e de pensar em estratégias adaptativas caso sejam necessárias. A ajuda, quando primordial, deve garantir a conclusão das etapas da Ficha OGI e o uso correto e segurança durante a execução.

É importante ressaltar que não sejam feitas cópias entre os participantes, garantindo que cada pessoa possa ser avaliada conforme as reais capacidades de criação, organização, planejamento, execução e resolução de problemas.

Instruções para o exercício 2

É pedido que descrevam em uma nova Ficha OGI a atividade de "tomar a medicação", como habitualmente fazem em suas casas (1ª e 2ª etapa). Depois que simulem em grupo ou de modo individual como realizam esta atividade (3ª etapa) e que avaliem o seu próprio desempenho vivido (4ª etapa) (*slide* 4.3).

Fechamento

A sessão é finalizada com o terapeuta ocupacional pedindo para abrir uma roda de conversa para discussão sobre o uso da Ficha OGI e as expectativas sobre o desempenho ocupacional, e com a entrega da tarefa de casa para a próxima sessão. É pedido que tentem analisar e comparar a avaliação inicial (das expectativas) com a final (a realidade), e, se sentirem à vontade, que comentem em grupo. Deve-se comentar sobre a importância da correta administração da medicação no tratamento da saúde mental e como o uso do mural pode auxiliar positivamente para o desempenho dessa ocupação. É solicitado que, em suas casas, eles tentem fixar o mural em algum lugar visível e de frequente passagem (p. ex., na parede da cozinha ao lado da caixa de medicações ou na parede do quarto) e chequem-no todos os dias, pela manhã e à noite. É pedido que tentem, se possível, fotografar o mural fixado e tragam as observações ou dúvidas quanto ao manuseio (utilizar a Ficha OGI da atividade de "tomar a medicação" como apoio). Na próxima sessão, inicia-se o módulo de atividades de vida diária instrumentais, com uma atividade voltada ao preparo de alimentos* (Vide: "Anexo de atividades"), também com o uso da Ficha OGI.

Instruções para a tarefa de casa para a próxima sessão*

- Vide: "Anexo de atividades".
- Entregue Ficha OGI impressa.
- Trazer a receita de uma refeição de sua preferência e gosto, condizentes a um café da manhã ou da tarde (conforme o horário do grupo), contendo informações quanto aos ingredientes, quantidade e modo de preparo, tentar passar os dados para Ficha OGI e preenchê-la até a 2ª etapa.
- Trazer um caderno novo pequeno para a construção de um livro de receitas.

---

* Atividade adaptada para pessoas com diagnóstico de transtornos alimentares ou para espaços terapêuticos que não contenham uma cozinha ou nos quais não possam ser usados alguns materiais pertinentes à atividade (Vide: "Anexo de atividades").

Anexo de atividades

☆ Instruções para a tarefa de casa para a próxima sessão
- Entrega da Ficha OGI impressa.
- Tente listar nomes de hortaliças para um jardim suspenso e traga uma sugestão de um modelo de jardim suspenso. Tente passar as informações sobre a sua elaboração ou construção para a Ficha OGI, preenchendo-a até a 2ª etapa. Ao lado de cada hortaliça listada, é importante conter os cuidados para sua manutenção (quanto ao melhor ambiente, frequência e quantidade de regagem, entre outros).
- Trazer um caderno em branco.

SESSÃO 5

Objetivo
Treino de atividades de vida diária instrumentais e rotina: preparação de alimentos.

Material
- Recursos de multimídia ou *slides* impressos.
- Fichas OGI impressas.
- Folhas em branco, lápis e caneta.
- Armário de culinária com diversos ingredientes para o preparo de refeições comuns de café da manhã ou da tarde.
- Equipamentos eletrônicos de cozinha.

Procedimento

A Sessão 5 envolve a preparação de uma refeição com uso da Ficha OGI, adaptada para o Serviço de Terapia Ocupacional do IPq-HCFMUSP (*slide* 5.1). A proposta é fazer uma atividade coletiva com uso da Ficha OGI. Os participantes, primeiramente, vão ler as opções de receitas trazidas de casa e, posteriormente, juntos vão decidir qual a melhor para ser preparada. Lembrando que a escolha da receita deve considerar os recursos e ingredientes disponíveis no armário de culinária, podendo haver a necessidade de adaptações (se estiver de acordo a todos), desde que esteja descrita na Ficha OGI. Como é uma atividade coletiva, é importante que as tarefas de cada participante estejam bem definidas antes do preparo da refeição. Ao final da sessão são passadas as orientações sobre o uso da Ficha OGI em domicílio para outras atividades de vida diária instrumentais e as instruções para a tarefa de casa da próxima sessão, o manuseio do dinheiro. A receita de hoje deve ser fixada aos cadernos de receitas trazidos de casa.

Mediação

Conferir se os materiais e móveis são suficientes a todos e se a iluminação do ambiente está adequada à atividade proposta, assim como a ausência de ruídos ou barulhos que possam vir a atrapalhar a sessão.

Verificar se os equipamentos eletrônicos de cozinha estão funcionando e se há utensílios suficientes ao preparo coletivo de uma refeição.

Conferir se os ingredientes dos armários de culinária e da geladeira estão na validade, se são suficientes ao preparo de refeições comuns como um café da manhã ou da tarde, e se há variedade de opções.

É importante que os objetos de cozinha estejam contados e sobre o controle total do terapeuta ocupacional, principalmente os itens perfurocortantes. Fazem-se necessárias a segurança do ambiente e a seleção adequada dos materiais.

Assegurar que as explicações sobre o uso coletivo da Ficha OGI estejam claras antes de iniciar suas etapas. Deve-se informar que cada participante terá a sua própria Ficha OGI, mas que todos deverão seguir um único modelo para preenchimento.

É importante que as Fichas OGI sejam preenchidas juntas e tenham um único modelo, respeitando as decisões do grupo. Portanto, a partir do senso comum do grupo, uma única resposta será usada para o preenchimento das etapas.

Informar que, a qualquer momento das etapas da Ficha OGI, os participantes poderão interromper caso haja dúvida em relação ao que está sendo pedido, devendo, portanto, solicitar ajuda ao grupo ou ao terapeuta ocupacional.

Durante a execução da atividade de culinária, o terapeuta ocupacional deve observar o desempenho cognitivo-funcional de cada participante e o modo como trabalham em equipe.

Fomentar sempre a importância de respeitar os colegas durante o trabalho em conjunto e aguardar a sua vez nas tarefas.

O terapeuta ocupacional pode efetuar adaptações nas tarefas conforme for evidenciando alguma necessidade, ou utilizar algum equipamento de tecnologia assistiva para esta ou as próximas sessões, conforme disponibilidade.

Instruções gerais para o exercício da sessão

Uso da Ficha OGI.
Uso de *slides* para apoio às orientações da atividade.

Deve-se assegurar que todos os participantes receberam a Ficha OGI e que a execução da atividade seja realmente de maneira coletiva. É importante que respeitem a coletividade e consigam entre eles dividir as tarefas.

Cabe informar que, caso alguém apresente alguma dificuldade com a sua tarefa, pode-se pedir ajuda a outra pessoa do grupo (porém, deve-se evitar ao máximo que a pessoa faça a tarefa por ela).

É necessário aguardar as orientações do terapeuta ocupacional para começarem as etapas juntos. O tempo de duração máximo da atividade deve ser predeterminado pelo profissional e respeitado pelo grupo durante o planejamento.

É solicitado que, após a elaboração da refeição, também se organizem para a arrumação da mesa e o preparo para servir o alimento.

É sempre importante orientar que o treino do aprendizado de cada sessão seja também feito em casa.

Apresentar a tarefa de casa para a próxima sessão.

Instruções para o exercício

Distribuir para cada participante uma Ficha OGI e um lápis ou caneta.

Solicitar que cada participante leia a sua opção de receita trazida de casa. Pedir a eles que escolham em grupo a melhor opção a ser feita nesta sessão, considerando os gostos, tempo de preparo, os ingredientes e recursos disponíveis na cozinha. É importante considerar as restrições alimentares devido a doenças crônicas preexistentes (como diabete, hipertensão, intolerância a glúten ou leite, etc.).

Depois de eleita em grupo a melhor receita, é pedido que os participantes preencham juntos a Ficha OGI, conforme as instruções contidas nela. Dar a opção de um participante ler em voz alta para todos ou de cada um ler uma tarefa. Instruí-los a responderem sempre juntos após definirem as etapas.

É importante que na Ficha OGI estejam descritos os ingredientes e as adaptações que ocorrerão na receita (devido à ausência ou troca de ingredientes, modo de preparo e outras) e que as tarefas sejam divididas entre os participantes.

Esta é uma atividade para ser realizada em grupo, portanto, é necessário ter definições bem claras e prévias das funções de cada participante nas tarefas.

O preparo da mesa é uma tarefa complementar e não deve ser posta na Ficha OGI. Ela deve ser realizada também em grupo.

Servir livremente o alimento preparado pelo grupo, durante a roda de conversa (*slides* 5.2 e 5.3).

Fechamento

A sessão é finalizada com o terapeuta ocupacional pedindo para abrir uma roda de conversa para discussão sobre o uso da Ficha OGI no coletivo. Durante a conversa todos podem se servir do alimento preparado. É pedido que eles tentem analisar em grupo as expectativas sobre o desempenho da ocupação no início e final da atividade (1ª e 4ª etapas). É importante que haja respeito entre os colegas durante as discussões, evitando assim associar nomes a fatos ou comentários negativos. Peça a eles também que se autoavaliem. Deve-se fomentar a importância de seguir as etapas para o preparo de uma refeição, assegurando que não existam intercorrências durante a execução, como a falta de ingredientes ou não funcionamento de equipamento elétrico. É solicitado a eles que, em suas casas, tentem preparar duas refeições: uma delas acompanhados e outra que façam sozinhos com ajuda da Ficha OGI. As receitas descritas na Ficha OGI devem ser fixadas no "caderno de receitas" (trazidos de casa), para assim sempre terem as orientações necessárias para o preparo (contribuindo com o aprendizado). Se possível, peça a eles que tragam fotos das refeições produzidas em casa para a próxima sessão. As dúvidas quanto aos preparos também devem ser trazidas. No próximo encontro será trabalhado o planejamento financeiro, e como tarefa de casa é pedido que tragam por escrito o modo como eles vêm administrando mensalmente o próprio dinheiro.

Instruções para a tarefa de casa para a próxima sessão

Trazer por escrito em folha branca o planejamento financeiro, ou seja, os dados referentes à administração dos recursos financeiros recebidos (salários, mesadas, benefícios, entre outros) e gastos (conta do celular, internet, etc.) durante o mês, assim como de reservas financeiras e dívidas. Não se faz necessária a presença dos valores, e sim os apontamentos desses recursos (garantindo a segurança da pessoa).

Anexo de atividades

Atividade adaptada para as pessoas com diagnóstico de transtornos alimentares ou para espaços terapêuticos que não contenham uma cozinha.

> **Anexo de atividades**
>
> **Objetivo**
> Treino de atividades de vida diária instrumentais e rotina: cuidados das plantas.
>
> **Material**
> * Recursos de multimídia ou *slides* impressos.
> * Fichas OGI impressas.
> * Folhas em branco, lápis e caneta.
> * Armário de jardinagem com diversos materiais (terra, mudas e sementes de hortaliças, vasos, enfeites, cordas, correntes, entre outros).
> * Equipamentos próprios para jardinagem (pás, regador, borrifador, etc.).
> * Acesso a água.

Procedimento

A Sessão 5 envolve a confecção de um jardim suspenso com uso da Ficha OGI, adaptada para o Serviço de Terapia Ocupacional do IPq-HCFMUSP (*slide 5.4**). A proposta é fazer uma atividade coletiva com uso da Ficha OGI. Os participantes, primeiramente, vão apresentar as opções de jardins suspensos trazidas de casa e, posteriormente, vão decidir juntos qual a melhor proposta para ser confeccionada e os tipos de hortaliças que serão plantados. Lembrando que a escolha por um modelo de jardim suspenso deve considerar os materiais disponíveis no armário de jardinagem e os tipos de hortaliças, podendo haver a necessidade de adaptações (se estiver de acordo a todos), desde que estejam descritas na Ficha OGI. Como é uma atividade coletiva, é importante que as tarefas de cada participante estejam bem definidas antes da confecção do jardim suspenso. Ao final da sessão são passadas as orientações sobre o uso da Ficha OGI em domicílio para outras atividades de vida diária instrumentais e as instruções para a tarefa de casa da próxima sessão, o manuseio do dinheiro. As orientações de cuidados para manutenção das hortaliças devem ser fixadas no caderno em branco trazido de casa.

Mediação

Conferir se os materiais e móveis são suficientes a todos e se a iluminação do ambiente está adequada à atividade proposta, assim como a ausência de ruídos ou barulhos que possam vir atrapalhar a sessão.

Verificar se há uma quantidade de equipamentos de jardinagem suficiente para a criação de um jardim suspenso e se estão todos funcionando adequadamente.

Conferir se há uma variedade de sementes e mudas de hortaliças em bom estado para o plantio. E se há água de fácil acesso no local.

É importante que os objetos de jardinagem estejam contados e sobre o controle total do terapeuta ocupacional, principalmente os itens perfurocortantes. Fazem-se necessárias a segurança do ambiente e a seleção adequada dos materiais.

Assegurar que as explicações sobre o uso coletivo da Ficha OGI estejam claras antes de iniciar suas etapas. É importante informar que cada participante terá sua própria Ficha OGI, mas que todos deverão seguir um único modelo para preenchimento.

É importante que as Fichas OGI sejam preenchidas juntas e tenham um único modelo, respeitando as decisões do grupo. Portanto, a partir do senso comum do grupo, uma única resposta será usada para o preenchimento das etapas.

Informar que, a qualquer momento das etapas da Ficha OGI, os participantes poderão interromper caso haja dúvida em relação ao que está sendo pedido, devendo, portanto, solicitar ajuda ao grupo ou ao terapeuta ocupacional.

Durante a execução do jardim suspenso e o plantio das hortaliças, o terapeuta ocupacional deve observar o desempenho cognitivo-funcional de cada participante e o modo como trabalham em equipe.

Fomentar sempre a importância de respeitar os colegas durante o trabalho em conjunto e aguardar a sua vez nas tarefas.

O terapeuta ocupacional pode efetuar adaptações nas tarefas conforme for evidenciando alguma necessidade, ou utilizar algum equipamento de tecnologia assistiva para esta ou as próximas sessões, conforme disponibilidade.

Instruções gerais para o exercício do anexo de atividades

Uso da Ficha OGI.

Uso de slides para apoio às orientações da atividade.

Deve-se assegurar que todos os participantes receberam a Ficha OGI e que a execução da atividade seja realmente de maneira coletiva. É importante que respeitem a coletividade e consigam entre eles dividir as tarefas.

Cabe informar que, caso alguém apresente alguma dificuldade com sua tarefa, pode-se pedir ajuda a outra pessoa do grupo (porém, deve-se evitar ao máximo que a pessoa faça a tarefa por ela).

É necessário aguardar as orientações do terapeuta ocupacional para começarem as etapas juntos. O tempo de duração máximo da atividade deve ser predeterminado pelo profissional e respeitado pelo grupo durante o planejamento.

É sempre importante orientar que o treino do aprendizado de cada sessão seja também feito em casa.

Apresentar a tarefa de casa para a próxima sessão.

Instruções para o exercício do anexo de atividades

Distribuir para cada participante uma Ficha OGI e um lápis ou caneta.

Solicitar que cada participante apresente sua opção de modelo de jardim suspenso trazido de casa e de hortaliças. Pedir a eles que escolham em grupo a melhor opção a ser feita nesta sessão, considerando os gostos, tempo de preparo e os recursos disponíveis no armário de jardinagem, assim como o espaço da sala para execução da atividade.

É importante considerar os tipos de hortaliças e as informações de manutenção dos cuidados (p. ex., hortaliças que exigem pouca água, separadas das que necessitam de mais água para sobreviver, assim como daquelas que necessitam de mais claridade do sol, daquelas que precisam de menos) durante o planejamento.

Depois de eleitos em grupo o melhor modelo de jardim suspenso para ser construído e os tipos de hortaliças, é pedido que os participantes preencham juntos a Ficha OGI, conforme as instruções contidas nela. Dar a opção de um participante ler em voz alta para todos ou de cada um ler uma tarefa. Instruí-los a responderem sempre juntos após definirem as etapas.

É importante que na Ficha OGI estejam descritos os tipos de hortaliças que serão plantadas e a organização dos vasos (devido às especificidades entre os diferentes tipos de hortaliças).

Esta é uma atividade para ser realizada em grupo, e, portanto, é necessário ter definições bem claras e prévias das funções de cada participante nas tarefas (*slides* 5.5☆, 5.5☆ e 5.6☆).

Fechamento do anexo de atividades

A sessão é finalizada com o terapeuta ocupacional pedindo para abrir uma roda de conversa para discussão sobre o uso da Ficha OGI no coletivo. É pedido que eles tentem analisar em grupo as expectativas sobre o desempenho da ocupação no início e final da atividade (1ª e 4ª etapas). É importante que haja respeito entre os colegas durante as discussões, evitando, assim, associar nomes a fatos ou comentários negativos. Peça a eles, também, que se autoavaliem. Fomentar a importância de seguir as etapas para os cuidados com as plantas, assegurando que não existam intercorrências durante a execução, como a falta de materiais ou outros problemas. É solicitado a eles que, em suas casas, tentem montar dois vasos de plantas ou hortaliças: um deles acompanhados e outro sozinhos com ajuda da Ficha OGI. Os cuidados específicos com cada tipo de planta ou hortaliça devem estar descritos na Ficha OGI e precisam ser fixados no "caderno de jardinagem" (trazidos de casa em branco), para assim sempre terem as orientações necessárias para a manutenção dos cuidados com as plantas (contribuindo com o aprendizado). Se possível, peça a eles que tragam fotos dos vasos produzidos em casa para a próxima sessão. As dúvidas quanto aos preparos também devem ser trazidas. No próximo encontro será trabalhado o planejamento financeiro, e como tarefa de casa é pedido que tragam por escrito o modo como eles vêm administrando mensalmente o próprio dinheiro.

Instruções para a tarefa de casa para a próxima sessão

Trazer por escrito em folha branca o planejamento financeiro, ou seja, os dados referentes à administração dos recursos financeiros recebidos (salários, mesadas, benefícios, entre outros) e gastos (conta do celular, internet,; entre outras) durante o mês, assim como de reservas financeiras e dívidas. Não se faz necessária a presença dos valores, e sim os apontamentos desses recursos (garantindo a segurança da pessoa).

SESSÃO 6

Objetivo
Treino de atividades de vida diária instrumentais e rotina: planejamento financeiro.

Material
- Recursos de multimídia ou *slides* impressos.
- Materiais diversos: cortiça natural, madeira, papel cartão colorido, folhas de EVA coloridas, folhas em branco, lápis de cor, canetinhas coloridas, giz de cera coloridos, lápis e borracha, tesoura e régua, tarraxas, imã, velcros e outros pertinentes.
- Fichas OGI impressas.

Procedimento

A Sessão 6 envolve a idealização e elaboração de um recurso visual de planejamento financeiro mensal com auxílio da Ficha OGI, adaptada para o Serviço de Terapia Ocupacional do IPq-HCFMUSP (*slide* 6.1). Os participantes são orientados a construir algo de fácil manuseio para o monitoramento de seus recursos financeiros. Pode ser elaborado qualquer recurso, como: mural, planilha, tabela, planner, entre outros, a partir dos materiais disponíveis em sala. O encerramento da atividade se dá com uma roda de conversa sobre o tema do autocontrole financeiro. Nem sempre está clara a eles a importância dos cuidados com o dinheiro, pois muitas vezes são privados dessa atividade. Alguns podem não ter discernimento sobre valores, e outros não podem não conseguir controlar os impulsos e acabar gastando dinheiro sem qualquer critério. Ao final da sessão é discutido o desempenho ocupacional desta atividade e são passadas as instruções da tarefa de casa para a próxima sessão, "Atividades de vida diária avançadas", com breve explanação do tema. É importante que o recurso criado não tenha os valores reais sobre o dinheiro, deixando, posteriormente, para ser preenchido corretamente em uma ambiente mais seguro (a casa).

Mediação

Conferir se o ambiente está adequado antes do início do exercício: iluminação da sala satisfatória, disponibilidade de materiais e ausência de ruídos e barulhos na sala. É muito importante que os materiais estejam contados e sob controle do terapeuta ocupacional, principalmente os itens perfurocortantes. Faz-se necessário a segurança total do ambiente.

Conferir a disponibilidade de materiais diversos: cortiça natural, madeira, papel cartão colorido, folhas de EVA coloridas, folhas em branco, lápis de cor, canetinhas coloridas, giz de cera coloridos, lápis e borracha, tesoura e régua, tarraxas, imã, velcros e outros pertinentes.

Assegurar que não existam mais dúvidas sobre o uso da Ficha OGI antes do início do exercício.

As informações quanto aos reais valores dos rendimentos (recebimentos e gastos financeiros) não devem ser descritas durante a sessão, garantindo assim a segurança de todos. É importante apenas que sejam apontados todos os recursos, e os reais valores postos, posteriormente, em casa (em sigilo).

Informar que, a qualquer momento das etapas da Ficha OGI, os participantes podem interromper caso tenham dúvidas em relação ao que está sendo pedido no instrumento e solicitar ajuda do terapeuta ocupacional.

O terapeuta ocupacional pode efetuar adaptações nas tarefas conforme for evidenciando alguma necessidade, ou utilizar algum equipamento de tecnologia assistiva para esta ou as próximas sessões, conforme disponibilidade.

Instruções gerais para o exercício da sessão

Uso da Ficha OGI. Garantir que todos tenham recebido uma Ficha OGI (*slide* 6.1).

É necessário aguardar as orientações do terapeuta ocupacional para iniciar a atividade todos juntos e respeitar o tempo máximo de duração do exercício conforme o estipulado pelo profissional.

É solicitada a criação e elaboração de um recurso qualquer de monitoramento de recebimentos e gastos financeiros (com periodicidade semanal, mensal ou anual) com espaços suficientes para preenchimento dos dados. É importante consultar os materiais disponíveis em sala.

Cabe orientar novamente o sigilo dos dados referentes aos verdadeiros valores de recebimento e pagamento, garantindo a segurança. Os valores reais deverão ser preenchidos posteriormente em suas casas.

Orientar o treino do aprendizado da sessão em casa, garantindo melhor assimilação e generalização do aprendizado e do desempenho ocupacional.

Apresentar a tarefa de casa para a próxima sessão.

Instruções para o exercício

Distribuir para cada participante uma Ficha OGI e um lápis ou caneta.

Solicitar que cada participante pense em algo a ser criado durante esta sessão que possa auxiliá-los na sua organização financeira e no monitoramento dos recursos financeiros recebidos e gastos. A mesa de materiais ou o armário de atividades deve ser consultado como forma de apoio.

Depois de idealizado o objeto a ser produzido, é pedido que preencham a Ficha OGI, conforme as instruções. É importante que durante o preenchimento da Ficha OGI já estejam definidos os materiais que serão utilizados de acordo com os disponíveis.

Não é necessário preencher os dados corretos sobre os valores, garantindo assim o sigilo e a segurança de todos. Peça apenas aos participantes que deixem espaços suficientes para preencher os valores corretos em suas casas.

Após o encerramento da meta do dia, é aberta uma roda de conversa para discussão sobre o desempenho ocupacional nesta atividade de vida diária instrumental, as dificuldades no manejo com o dinheiro e o planejamento e organização financeiros (*slide* 6.2).

Fechamento

A sessão é finalizada com uma roda de conversa mediada pelo terapeuta ocupacional para discussão e análise sobre o uso da Ficha OGI no desempenho do planejamento financeiro. É necessário abordar os comportamentos impulsivos relacionados aos gastos de dinheiro e às dificuldades em monitorar a entrada e saída dos recursos, assim como a devida importância dessa atividade. Ao final, é brevemente apresentada a proposta da próxima sessão, "Atividades de vida diária avançadas", trabalho☆ (Vide: "Anexo de atividades"), assim como a tarefa de casa, de trazer dados referentes à elaboração de um currículo (certificados, carteira de trabalho, documentos pessoais, entre outros) (*slide* 6.3).

Instruções para a tarefa de casa para a próxima sessão

Trazer todos os documentos (cópias ou imagens de celular) que considerem necessários estar descritos em um currículo (documentos pessoais, certificados de cursos, experiências profissionais [carteira de trabalho], entre outros).

Trazer uma pasta com plásticos para colocar os currículos e certificados.

Anexo de atividades

☆ Instruções para a tarefa de casa para a próxima sessão

Trazer opções de cursos profissionalizantes, de lazer ou outros. Trazer o maior número de informações sobre o curso: local, distância da casa até o curso e meio de transporte, horário, dia da semana, tempo de duração, programa de atividades, critérios para inscrição (nível de escolaridade, idade, etc.), custos e taxas, entre outras. Se o curso tiver objetivos profissionalizantes e de emprego, é interessante buscarem por oportunidades de emprego voltadas a ele.

Trazer uma pasta, com plásticos para colocar as informações referentes aos cursos.

SESSÃO 7

Objetivo
Treino de atividades de vida diária avançadas e rotina: trabalho.

Material
- Recursos de multimídia ou *slides* impressos.
- Acesso à internet: *sites* de empregos *online*. É necessário ter pelo menos um computador com acesso à internet.
- Impressos de modelos de currículos.
- Fichas OGI impressas.
- Pranchetas, folhas em branco, lápis, borrachas e canetas pretas e azuis.

Procedimento

Esta sessão acontece em três momentos (ou exercícios). O primeiro é uma roda de conversa sobre mercado de trabalho. São discutidas as exigências às vagas de trabalho, currículos e pisos salariais, e, também, os principais aspectos referentes ao comportamento, pontualidade, responsabilidade, respeito, obediência, entre outras atitudes esperadas no trabalho. No segundo momento, são apresentados dois modelos de currículos simples (*slides* 7.2 e 7.3) e a amostragem do acesso a *sites* de empregos. No terceiro momento, são confeccionados os currículos com auxílio da Ficha OGI e preenchidos com os documentos trazidos de casa. Ao final da sessão, é feito um bate-papo sobre os próprios currículos e é passada a tarefa de casa, para o último encontro, sobre relações sociais.

Mediação

Conferir se a iluminação da sala é suficiente, se há materiais em quantidade adequada a todos, se os recursos de multimídia e internet estão funcionando e já estão ligados, e se há ruídos ou barulhos na sala que possam vir a atrapalhar a sessão.

Assegurar que não haja dúvidas quanto ao uso da Ficha OGI antes de iniciar o exercício. Cabe sempre retomar como a Ficha OGI deve ser utilizada antes do início das atividades.

Informar que, a qualquer momento das etapas da Ficha OGI, os participantes podem interromper caso ainda haja dúvida em relação ao que está sendo pedido no instrumento e solicitar ajuda ao terapeuta ocupacional.

Durante a execução da atividade, o terapeuta ocupacional deve observar o desempenho ocupacional de cada participante, ofertando apoio quando necessário e sempre reforçando a importância de seguir todas as etapas da Ficha OGI, visando ao uso correto do instrumento e ao aprendizado.

O terapeuta ocupacional pode efetuar adaptações nas tarefas conforme for evidenciando alguma necessidade, ou utilizar algum equipamento de tecnologia assistiva para esta ou as próximas sessões, conforme disponibilidade.

Instruções gerais para todos os exercícios da sessão

Para esta sessão é importante que todos tentem expressar suas opiniões quanto ao tema "mercado de trabalho" e os conhecimentos quanto às atuais exigências, além de relatarem experiências atuais ou anteriores de trabalhos e as dificuldades em desempenhar a ocupação.

Uso de *slides* com apresentação de dois modelos simples de currículos e uso da internet para acesso a *sites* de empregos. Todo o passo a passo de acesso ao *site* deve ser explicado de forma calma e pausadamente para que os participantes possam fazer anotações e, posteriormente, reproduzir a atividade.

Durante a elaboração do currículo com auxílio da Ficha OGI, serão disponibilizados materiais como canetas, lápis, borrachas, entre outros. Caso haja computadores para todos, eles também podem ser oferecidos.

Os participantes deverão elaborar um modelo de currículo com os dados dos documentos trazidos de casa (endereço, número dos documentos, cursos, experiências profissionais, entre outros que forem necessários).

Cabe sempre destacar a importância de eles exporem suas dificuldades e potencialidades no trabalho.

Instruções para o exercício 1

Formar uma roda de conversa com os participantes e pedir que eles exponham suas opiniões sobre o mercado de trabalho, em relação às oportunidades de emprego, exigências das vagas de trabalho, piso salarial, modelos de currículos, entre outros assuntos pertinentes. Para ampliar e enriquecer ainda mais as discussões, é pedido que eles comentem também sobre comportamentos e atitudes esperadas no trabalho, em relação a responsabilidade, pontualidade, respeito, obediência, relações sociais, etc.

O bate-papo é livre, e fala quem se sentir à vontade (*slide* 7.1).

Instruções para o exercício 2

Apresentação de duas opções de modelos mais usuais de currículo atualmente (*slides* 7.2 e 7.3).

Demonstrativo de acesso aos *sites* de emprego *online*, com passo a passo. Como acessar os *sites* de emprego *online* e como cadastrar um currículo devem ser demonstrados de modo simples e claro, , caso haja alguma dúvida, repetir o processo (*slide* 7.4).

É livre caso alguém queira anotar qualquer observação durante a demonstração dos exercícios; e ficam disponíveis lápis, canetas, borrachas, pranchetas e papéis em branco.

É combinado com todos que tentem realizar o acesso aos *sites* de empregos e cadastrem seus currículos em casa, e caso tenham dúvidas poderão trazê-las na próxima semana (e trabalhadas de forma individual com o terapeuta ocupacional, caso necessário). Deve-se apenas pedir a eles que tragam suas dúvidas por escrito, garantindo assim que não sejam esquecidas.

Qualquer adaptação pode ser feita durante os exercícios, caso haja alguma necessidade especial de algum dos participantes. É recomendado o uso de recursos de tecnologia assistiva para facilitação das atividades.

Instruções para o exercício 3

É solicitado pelo terapeuta ocupacional que elaborem um currículo para trabalho com uso da Ficha OGI (*slide* 7.5), descrevendo as etapas, entre elaborar um formato de currículo até o preenchimento dos dados dos documentos (certificados, carteira de trabalho, entre outros trazidos de casa).

É importante sempre lembrar que a Ficha OGI envolve o antes, o durante e o depois da execução de uma atividade ou ocupação. Peça a todos que iniciem sempre juntos cada etapa da Ficha OGI. O início do exercício, conforme a Ficha OGI, se dá com o preenchimento dos dados referentes à escolha e planejamento da atividade (elaboração de um currículo para trabalho) e as expectativas em relação ao desempenho ocupacional para a atividade (1ª e 2ª etapas). Após o preenchimento desses dados, é pedido que separem os materiais listados e iniciem a execução das tarefas (3ª etapa). Depois de executadas, realiza-se a avaliação sobre o desempenho ocupacional (4ª etapa).

É importante que o terapeuta ocupacional tente minimamente interferir na criação, organização, planejamento e execução da atividade, a fim de avaliar as reais dificuldades de cada participante. A ajuda, quando necessária, deve garantir a conclusão da atividade e a segurança durante a execução da atividade.

Casos seja necessário o uso de algum recurso de tecnologia assistiva, é possível usar desde que avaliado e indicado pelo terapeuta ocupacional.

Fechamento

A sessão é finalizada com o terapeuta ocupacional pedindo para abrir uma roda de conversa para discussão dos exercícios e da tarefa de casa para a próxima sessão. É pedido a todos que analisem suas avaliações, do início e final da atividade, comparando-as, e, se sentirem à vontade, que possam comentar no grupo. É falado sobre a importância do currículo na busca de uma colocação no mercado de trabalho e a necessidade das experiências profissionais e de realização de cursos, assim como de boas atitudes e comportamentos no trabalho. É solicitado que, em suas casas, eles tentem acessar os *sites* de emprego *online* e cadastrem seus currículos. É necessário já ter um *e-mail*, além de checá-lo com mais frequência após o cadastro dos currículos, em busca de respostas para possíveis entrevistas. É pedido que eles tragam dúvidas quanto ao acesso e ao cadastro do currículo nas páginas de emprego *online* para a próxima sessão, caso haja. Para a próxima sessão, será pedido que tragam uma opção de atividade de lazer para fazer acompanhado(a). Lembrá-los que, na próxima sessão, a das relações sociais, se encerra o programa.

Instruções para a tarefa de casa para a próxima sessão

Vide: "Anexo de atividades".

SESSÃO 7

Como tarefa de casa, é solicitado que pensem em atividades de lazer, que sejam de interesse, e que possam ser feitas em dupla ou grupo, e tragam o maior número de informações sobre elas, por exemplo: Parque do Ibirapuera, horário de funcionamento: das 5h00 às 22h00, entrada gratuita, com quadras poliesportivas, jardins, pistas de corrida e bicicleta; entre outras atrações.

É pertinente que a escolha da atividade seja de interesse e nunca antes feita. Quanto mais informações tiverem sobre ela, melhor será para pensar nas tarefas.

Atenção: será oferecido no encerramento um café surpresa☆.

Anexo de atividades

Atividade adaptada para as pessoas com qualquer dos diagnósticos que não tenham condição ao trabalho ou que já recebem benefícios (aposentadoria por invalidez) ou que ainda necessitam fazer cursos antes de iniciar a busca por trabalho. Esta proposta deve considerar os diferentes objetivos que um curso pode ter, como de lazer, profissionalizante, educativo, entre outros.

Instruções para o exercício de casa para a próxima sessão

Esta sessão acontece em três momentos (ou exercícios). O primeiro, em roda de conversa sobre cursos em geral. São discutidos os diferentes tipos de cursos e os mais variados objetivos de uma pessoa para realizá-los (pro-

---

Anexo de atividades

Objetivo
Treino de atividades de vida diária avançadas e rotina: cursos.

Material
- Recursos de multimídia ou *slides* impressos.
- Acesso à internet: *sites* de cursos *online*. É necessário ter pelo menos 1 computador com acesso à internet.
- Fichas OGI impressas.
- Pranchetas, folhas em branco, lápis, borrachas e canetas pretas e azuis.

fissionalizante, lazer, interesse, curiosidade, entre outras). Além de atitudes e comportamentos exigidos para essa ocupação (pontualidade, responsabilidade, disciplina, interação social, entre outros). No segundo momento, são apresentados *sites* com opções de cursos *online* e presenciais, com foco sobre os programas e exigências para cursá-los. No terceiro momento, é pedido para escolherem uma opção de curso e descreverem o processo de seleção na Ficha OGI (da busca à admissão e início da aula). Ao final da sessão, é feito um bate-papo sobre os interesses e exigências, e é passada a tarefa de casa, para o último encontro, sobre relações sociais.

Mediação

Conferir se a iluminação da sala é suficiente, se há materiais em quantidade adequada a todos, se os recursos de multimídia e internet estão funcionando e já estão ligados, e se há ruídos ou barulhos na sala que possam vir a atrapalhar a sessão.

Assegurar que todos tenham recebido uma Ficha OGI e que não haja dúvidas quanto ao uso antes de iniciar o exercício. Cabe sempre retomar como a Ficha OGI deve ser utilizada antes do início das atividades.

Informar que, a qualquer momento das etapas da Ficha OGI, os participantes podem interromper caso ainda haja dúvida em relação ao que está sendo pedido no instrumento e solicitar ajuda ao terapeuta ocupacional.

Durante a execução da atividade, o terapeuta ocupacional deve observar o desempenho ocupacional de cada participante, ofertando apoio quando necessário e sempre reforçando a importância de seguir todas as etapas da Ficha OGI, visando ao uso correto do instrumento e ao aprendizado.

O terapeuta ocupacional pode efetuar adaptações nas tarefas conforme for evidenciando alguma necessidade, ou utilizar algum equipamento de tecnologia assistiva para esta ou as próximas sessões, conforme disponibilidade.

Instruções gerais para todos os exercícios do anexo de atividades

Para esta sessão é importante que todos tentem expressar suas opiniões quanto ao tema "cursos", além de relatarem experiências atuais ou anteriores com cursos e as dificuldades em desempenhar a ocupação.

Uso do computador com internet para acesso a *sites* de cursos. Todo o passo a passo de acesso ao *site* deve ser explicado de forma calma e pausadamente para que os participantes possam fazer anotações, e, posteriormente, reproduzir a atividade.

Serão disponibilizados materiais como canetas, lápis, borrachas, entre outros. Caso haja computadores para todos, eles também podem ser oferecidos.

Os participantes deverão pensar em opções de cursos nos quais apresentam algum tipo de interesse e planejar a decisão por uma escolha por algum curso, conforme disponibilidade de acesso, critérios de inclusão e exclusão, valores, distância, frequência, etc.

Cabe sempre destacar a importância de eles exporem suas dificuldades e potencialidades em realizar cursos.

Instruções para o exercício 1 do anexo de atividades

Formar uma roda de conversa com os participantes e pedir que eles exponham suas opiniões sobre cursos, em relação às oportunidades, exigências das vagas, valores, programas de disciplinas, entre outros assuntos pertinentes. Para ampliar e enriquecer ainda mais as discussões, é pedido que eles comentem também sobre comportamentos e atitudes esperadas durante a realização de um curso, em relação à responsabilidade, pontualidade, disciplina, dedicação, respeito, relações sociais, etc.

O bate-papo é livre e fala quem se sentir à vontade (*slide* 7.6☆).

Instruções para o exercício 2 do anexo de atividades

Apresentação de dois *sites* com opções de cursos *online* e presenciais (um do tipo profissionalizante e outro de artesanato).

Demonstrativo de acesso aos *sites* de cursos *online* e presenciais, com passo a passo. Como acessar os *sites* de cursos e como acessar o programa de disciplinas, e outras informações relevantes. Tudo deve ser demonstrado de modo simples e claro e, caso haja alguma dúvida, repetir o processo.

É livre caso alguém queira anotar qualquer observação durante a demonstração dos exercícios; e ficam disponíveis lápis, canetas, borrachas, pranchetas e papéis em branco.

É combinado com todos que tentem realizar sozinhos o acesso aos *sites* de cursos,e busquem informações sobre possíveis opções. Caso tenham dúvidas, devem trazê-las na próxima semana (e ser trabalhadas de forma individual com o terapeuta ocupacional, caso necessário). Apenas pedir a eles que tragam suas dúvidas por escrito, garantindo assim que não sejam esquecidas.

Qualquer adaptação pode ser feita durante os exercícios, caso haja alguma necessidade especial de algum dos participantes. É recomendado o uso de recursos de tecnologia assistiva para facilitação das atividades (*slides* 7.7☆, 7.8☆ e 7.9☆).

Instruções para o exercício 3 do anexo de atividades

É solicitado pelo terapeuta ocupacional que elaborem um processo de busca e seleção de cursos com uso da Ficha OGI, descrevendo as etapas das tarefas, desde escolher um curso até o processo de admissão e início das aulas (*slide* 7.5).

É importante sempre lembrar que a Ficha OGI envolve o antes, o durante e o depois da execução de uma atividade ou ocupação. Peça a todos que iniciem sempre juntos cada etapa da Ficha OGI. O início do exercício, conforme a Ficha OGI, se dá com o preenchimento dos dados referentes à escolha e planejamento da atividade (processo de escolha, admissão e início de um curso) e as expectativas em relação ao desempenho ocupacional para a atividade (1ª e 2ª etapas). Após o preenchimento desses dados, é pedido que separem os materiais listados e iniciem a execução das tarefas (3ª etapa). Depois da executadas, realiza-se a avaliação sobre o desempenho ocupacional (4ª etapa).

É importante que o terapeuta ocupacional tente minimamente interferir no processo, a fim de avaliar as reais dificuldades de cada participante. A ajuda, quando necessária, deve garantir a conclusão da atividade e a segurança durante a execução da atividade.

Caso seja necessário o uso de algum recurso de tecnologia assistiva, é possível usar, desde que avaliado e indicado pelo terapeuta ocupacional.

Fechamento do anexo de atividades

A sessão é finalizada com o terapeuta ocupacional pedindo para abrir uma roda de conversa para discussão dos exercícios e da tarefa de casa para a próxima sessão. É pedido a todos que analisem suas avaliações, do início e final da atividade, comparando-as, e, se sentirem à vontade, que possam comentar no grupo. É falado sobre a importância da realização de cursos, evidenciando os diversos objetivos que uma pessoa pode adotar para fazê-los, assim como sobre boas atitudes e comportamentos durante a realização. É solicitado que, em suas casas, eles tentem acessar os *sites* de cursos e busquem informações sobre o programa. É pedido que eles tragam dúvidas quanto ao acesso e à busca por cursos para a próxima sessão, caso haja. Para a próxima sessão, será pedido que tragam uma opção de atividade de lazer para fazer acompanhado(a). Lembrá-los que, na próxima sessão, a das relações sociais, se encerra o programa.

Instruções para a tarefa de casa para a próxima sessão

Como tarefa de casa, é solicitado que pensem em atividades de lazer, que sejam de interesse e possam ser feitas em dupla ou grupo, e tragam o maior número de informações sobre elas, por exemplo: Parque do Ibirapuera, horário de funcionamento: 5h00 às 22h00, entrada gratuita, com quadras poliesportivas, jardins, pistas de corrida e bicicleta, entre outras atrações.

É interessante que a escolha da atividade seja de interesse e nunca antes feita. Quanto mais informações tiverem sobre ela, melhor será pensar nas tarefas.

Atenção: será oferecido no encerramento um café surpresa☆. Para pacientes com transtornos alimentares cabe destacar a troca da atividade por um espaço musical surpresa.

SESSÃO 8

Objetivo
Treino de atividades de vida diária avançada e rotina: relações sociais.

Material
- Recursos de multimídia ou *slides* impressos.
- Papéis em branco e canetas azuis e pretas.
- Fichas OGI impressas.
- Jogos de tabuleiro.
- Toalha de mesa, talheres, pratos, xícaras, adoçante, açúcar, café, sucos e frutas*.

Procedimento

Esta sessão acontece em três momentos (ou exercícios). O primeiro, em roda de conversa sobre atividades sociais e as dificuldades nas relações, além de evidenciar a importância das relações sociais na vida dos seres humanos e os benefícios do apoio de amigos, colegas, familiares e outros durante o tratamento. O segundo será a apresentação das oportunidades de lugares de lazer para irem acompanhados (tarefa de casa), com as informações sobre esses lugares (opções de diversão/entretenimento do local), o acesso e recursos financeiros (transporte, valor de entrada, entre outras informações), e a maneira de se convidar alguém para ir junto. Transcrever as informações para a Ficha OGI. No terceiro momento, são oferecidos jogos de tabuleiros para que se divirtam juntos. Ao final desta sessão, é feito o encerramento do programa com um momento de café surpresa☆, sucos e frutas para os participantes, possibilitando descontração e interação social.

Mediação

Conferir se a sala está bem iluminada, com materiais e móveis suficientes e sem ruídos e barulhos que possam interferir na sessão.

Garantir que o armário dos jogos ou a mesa de jogos tenha uma grande variedade de opções de jogos de tabuleiros para se jogar em dupla ou em grupo. A mesa de café surpresa já deve estar montada e escondida antes do início da sessão para que os participantes não descubram a surpresa.

Assegurar, novamente, que o uso da Ficha OGI esteja claro antes de iniciar as atividades. Cabe sempre retomar como deve ser utilizada antes do início das atividades.

Solicitar a todos que respeitem as escolhas do outro. Pode haver comentários e perguntas em relação aos locais, desde que mantenham o respeito entre eles.

Durante a execução da atividade, o terapeuta ocupacional deve observar o desempenho ocupacional e sempre reforçar a importância de seguir as etapas da Ficha OGI, visando ao uso correto do instrumento e ao aprendizado.

O terapeuta ocupacional pode efetuar adaptações nas tarefas conforme for evidenciando alguma necessidade, ou utilizar algum equipamento de tecnologia assistiva, conforme disponibilidade.

Instruções gerais para todos os exercícios da sessão

Solicita-se formar uma roda de conversa e estimula-se que todos apresentem as opções por lugares de lazer para irem acompanhados (tarefa de casa), com suas informações, e expressem as dificuldades nas relações sociais (familiares, com amigos, parceiros, desconhecidos, entre outros).

É importante fomentar os apoios sociais como recurso positivo ao tratamento de saúde mental e como necessário à vida.

No momento dos jogos é oferecido um armário ou uma mesa com oportunidades diversas de jogos, cabendo aos participantes escolherem o que mais lhes agrada. Peçam que formem grupos por afinidades nas tarefas e respeitem o número de integrantes de cada jogo.

Preparação de uma mesa surpresa com café, sucos e frutas☆.

Instruções para o exercício 1

Formar uma roda de conversa com os participantes e pedir a eles que comentem sobre suas relações sociais e suas dificuldades.

Informar sobre a necessidade das relações sociais ao ser humano e os benefícios do apoio de outras pessoas durante o tratamento de saúde mental (*slide* 8.1).

Benefícios do apoio social na saúde mental

- Escuta e troca de informações.
- Identidade pessoal.
- Diminuição do estresse, da ansiedade e depressão.
- Funções cognitivas.
- Adesão ao tratamento (*slide* 8.2).

Instruções para o exercício 2

Entrega das Fichas OGI.

Peça aos participantes que apresentem as opções de lugares de lazer (tarefa de casa) acompanhados de suas informações e tentem justificar suas escolhas.

Transcrever suas escolhas para a Ficha OGI como se fossem realizar a atividade, com o maior número de informações possível (*slides* 8.3 e 8.4).

Instruções para o exercício 3

É solicitado a todos que sigam o profissional até o armário dos jogos ou a mesa com os jogos e escolham por jogos de tabuleiros de interesse que possam ser jogados juntos, em dupla ou grupo.

Deve ser livre o espaço para jogar, assim como a formação das duplas e grupos e a escolha do jogo.

É importante que o terapeuta ocupacional não interfira na escolha da atividade e na organização dos grupos, a fim de avaliar as dificuldades que os participantes apresentam em estar junto ao outro e em trabalhar no coletivo (estabelecimento de regras e acordos). A ajuda, quando necessária, deve garantir a participação de todos e evitar a manifestação de qualquer forma de exclusão ou discriminação (*slide* 8.5).

☆ Encerramento

É solicitado que todos sigam o profissional até a mesa do café☆, que deve estar escondida ou coberta, para promover surpresa a todos. A escolha do cardápio deve considerar a aceitação e os transtornos mentais e comorbidades clínicas dos participantes (em pacientes com transtornos alimentares, avaliar a aceitação dessa proposta; caso não seja favorável, deve ser evitada)☆.

É um momento livre, de descontração e sem mediação do terapeuta ocupacional. Pode ou não haver música, podendo ser demanda espontânea dos participantes.

Ao final deste momento, agradecer aos participantes sobre o engajamento deles no programa e fomentar a importância de se manter e inserir em novas ocupações, e relacioná-las a um melhor estado de saúde mental e bem-estar.

Cabe destacar a utilização da Ficha OGI para auxiliar no desempenho das atividades e ocupações, reforçando a necessidade de se planejar e organizar uma atividade antes de executá-la, garantindo, assim, melhores resultados e evitando erros possíveis de ser previstos. Esse instrumento pode e deve ser usado sempre anteriormente ao desempenho de qualquer ocupação.

Informar a todos os participantes que em 3 meses passarão por uma reavaliação para acompanhamento da manutenção do aprendizado para o desempenho ocupacional e da rotina.

Despedida.

Anexo de atividades

Esta sessão acontece em dois momentos: o primeiro, em roda de conversa sobre atividades sociais e as dificuldades nas relações entre pessoas, e apresen-

---

Anexo de atividades

Objetivo
Treino de atividades de vida diária avançada e rotina: relações sociais.

Material
- Papéis em branco e canetas azuis e pretas.
- Jogos de Tabuleiro.
- Espaço para a música (almofadas, pufes, lenços, entre outros itens)

tação das oportunidades de lugares de lazer para irem acompanhados (tarefa de casa), abrindo discussões sobre o que fazer nesses lugares (opções de diversão do local), o acesso (transporte, valor de entrada, entre outras informações) e a maneira de se convidar alguém para ir junto, além de evidenciar a importância das relações sociais na vida dos seres humanos e os benefícios do apoio de amigos, colegas, familiares e outros, durante o tratamento. No segundo momento, são oferecidos jogos de tabuleiros para que se divirtam juntos. Ao final desta sessão, é feito o encerramento do programa com um momento surpresa, um músico convidado.

Instruções gerais para todos os exercícios do anexo de atividades

Garantir que o espaço esteja seguro e sem qualquer barulho, e existam móveis e materiais suficientes para todos. O armário dos jogos ou a mesa de jogos deve ter uma grande variedade de opção de jogos de tabuleiros para se jogar em dupla ou em grupo. O espaço para a música já deve estar montado (almofadas, lenços, pufes, entre outros).

É pedido para formar uma roda de conversa e estimulado a todos que apresentem as opções por lugares de lazer para irem acompanhados (tarefa de casa), com suas informações, e expressem as dificuldades nas relações sociais (familiares, com amigos, parceiros, desconhecidos, entre outros).

No momento dos jogos, é oferecido um armário ou uma mesa com oportunidades diversas, cabendo aos participantes escolherem o que mais lhes agrada. Peça que formem grupos por afinidades na tarefa e respeitem o número de participantes de cada jogo.

Preparação de um espaço para a música.

Encerramento do anexo de atividades

É solicitado que todos sigam o profissional até um espaço reservado. O músico convidado chega ao espaço cantando/tocando.

É um momento livre, de descontração e sem mediação do terapeuta ocupacional. Pode ou não ser livre a escolha das músicas.

Ao final deste momento, agradecer aos participantes sobre o engajamento deles no programa e fomentar a importância de manter e se inserir em novas ocupações, e relacioná-las a um melhor estado de saúde mental e bem-estar. Cabe destacar a utilização da Ficha OGI para auxiliar no desempenho das atividades e ocupações, reforçando a necessidade de se planejar e organizar uma atividade antes de executá-la, garantindo, assim, melhores resultados e evitando erros previsíveis. Esse instrumento pode e deve ser usado sempre anteriormente ao desempenho de qualquer ocupação.

Informar a todos que em 3 meses passarão por uma reavaliação para acompanhamento da evolução do desempenho ocupacional e da rotina após o encerramento do programa.

Despedida.

REFERÊNCIAS BIBLIOGRÁFICAS

1. Organização Mundial da Saúde, Centro Colaborador da Organização Mundial da Saúde para a Família de Classificações Internacionais, organizadores. Coordenação da tradução Cassia Maria Buchalla. CIF: Classificação Internacional de Funcionalidade, Incapacidade e Saúde. São Paulo: Edusp; 2003.
2. Katz N. Neurociência, reabilitação cognitiva e modelos de intervenção em terapia ocupacional. 3. ed. São Paulo: Santos; 2014.
3. Katz N, Keren N. Effectiveness of occupational goal intervention for clients with schizophrenia. Am J Occup Ther. 2011;65(3):287-96.
4. Keren N, Gal H, Dagan R, Yakoel S, Katz N. Treatment of executive function deficits in individuals with schizophrenia: presentation of two treatment methods with case examples. The Israeli Journal of Occupational Therapy. 2008;17:H97-117 (English Abstract E64-65).
5. Vizzotto AD, Celestino DL, Buchain PC, Oliveira AM, Oliveira GM, Di Sarno ES, et al. A pilot randomized controlled trial of the Occupational Goal Intervention method for the improvement of executive functioning inpatients with treatment-resistant schizophrenia. Psychiatry Res. 2016;245:148-56.
6. Vizzotto ADB. Estudo randomizado e controlado para avaliar a eficácia da terapia ocupacional na reabilitação de funções executivas em pacientes com esquizofrenia resistente ao tratamento [tese]. São Paulo: Universidade de São Paulo; 2018.
7. Kielhofner G, Burke JP. Occupational therapy after 60 years: an account of changing identity and knowledge. Am J Occup Ther. 1977;31(10):675-89.
8. Kielhofner G, Burke JP. Modelo da ocupação humana: parte I. Tradução: Maria Auxiliadiora Cursino Ferrari. Revista de Terapia Ocupacional da USP. 1990;1(1):55-67.
9. Abrisqueta-Gomez J, Santos FH. Reabilitação neuropsicológica da teoria à prática. São Paulo: Artes Médicas; 2006.
10. Alves ALA, Mariani MMC, Ferreira PB, Oliveira AM. Terapia ocupacional nos transtornos do impulso. In: Tavares H, Abreu CN, Seger L, et al. Psiquiatria, saúde mental e a clínica da impulsividade. Barueri: Manole; 2015. p. 339-51.
11. Cavalcanti A, Galvão C. Terapia ocupacional. Fundamentação & prática. Guanabara Koogan; 2007.
12. Chern JS, Kielhofner G, de las Heras CG, Magalhaes LC. The Volitional Questionnaire: psychometric development and practical use. Am J Occup Ther. 1996;50(7):516-25.
13. Ferrari MAC. Kielhofner e o modelo de ocupação humana. Revista de Terapia Ocupacional da Universidade de São Paulo. 1991;2(4):216-9.
14. Grieve J, Gnanasekaran L. Neuropsicologia para terapeutas ocupacionais: cognição no desempenho ocupacional. 3. ed. São Paulo: Santos; 2010.

REFERÊNCIAS BIBLIOGRÁFICAS

15. Li Y, Kielhofner G. Psychometric properties of the Volitional Questionnaire. The Israel Journal of Occupational Therapy. 2004;13:E85-E98.
16. Loschiavo-Alvares FQ, Wilson B, organizadores. Reabilitação neuropsicológica nos transtornos psiquiátricos. Belo Horizonte: Artesã; 2020.
17. Malloy-Diniz LF, Carvalho AM. O exame neuropsicológico e suas contribuições à psiquiatria. Psiquiatr Biol. 2001;9(2):66-77.
18. Miguel EC, Gentil V, Gattaz WW. Clínica psiquiátrica: a visão do Departamento e do Instituto de Psiquiatria do HCFMUSP. Barueri: Manole; 2011.
19. Monteiro L, Louzã MR. Alterações cognitivas na esquizofrenia: conseqüências funcionais e abordagens terapêuticas. Revista de Psiquiatria Clínica. 2007;34(2):179-83.
20. Organização Mundial da Saúde. Como usar a CIF: um manual prático para o uso da Classificação Internacional de Funcionalidade, Incapacidade e Saúde (CIF). Versão preliminar para discussão. Outubro de 2013 [acesso em 21 jan 2020]. Genebra: OMS Disponível em: http://www.fsp.usp.br/cbcd/wp-content/uploads/2015/11/Manual-Prático-da-CIF.pdf.
21. Reid D. The influence of a virtual reality leisure intervention program on the motivation of older adult stroke survivors: a pilot study. Physical & Occupational Therapy in Geriatrics. 2003;21(4):1-19.
22. Rössler W. Psychiatric rehabilitation today: an overview. World Psychiatry. 2006;5(3):151-7.
23. Serafim AP, Rocca CCA, Gonçalves P, organizadores. Intervenções neuropsicológicas em Saúde Mental. 1. ed. Barueri: Manole; 2020.
24. Vieira J. Reabilitação cognitiva na esquizofrenia. Revista do Serviço de Psiquiatria do Hospital Prof. Doutor Fernando Fonseca, EPE. 2013;11(2).
25. Wilson BA. Reabilitação das deficiências cognitivas. In: Nitrini R, Caramelli P, Mansur LL. Neuropsicologia das bases anatômicas à reabilitação. São Paulo: Clínica Neurológica HCFMUSP; 1996. p. 314-46.

ÍNDICE REMISSIVO

A

Administração da medicação 23
Alimento preparado pelo grupo 32
Áreas da vida diária 12
Atitudes
  e hábitos de vida saudáveis 16
  de cuidados pessoais 9
  de educação e trabalho 9
  de vida diária avançadas 4, 12
  de vida diária básicas 4, 6, 12, 13
    nos transtornos mentais graves 18
  de vida diária instrumentais 4, 12,
      23, 29
    e rotina 33
  sociais e de lazer 9
Autocuidado 15, 16, 17

B

Benefícios do apoio social na saúde
    mental 52

C

Caderno de jardinagem 36
Caderno de receitas 32
Café surpresa 45, 49, 50
Capacidade funcional e cognitiva 5
Checklist de monitoramento para
    atividades de vida diária básicas
    16
Compromissos 7
Construção de vínculos 1, 2
Contrato

  de participação 3
  terapêutico 1
Conversa sobre o tema da rotina 13
Cozinha 29
Cuidados com o corpo 17
  e a saúde 21
Cuidados das plantas 33
Culinária 30
Currículo 42
Cursos *online* e presenciais 45, 46

D

Desejo por mudanças 6
Desejos e sonhos 16
Desempenho
  cognitivo-funcional 24, 34
  ocupacional 3, 4, 8, 48
    dificuldades 2
    graus de complexidade 12
Diário de ocupações 10, 13, 14, 17

E

Elaboração da refeição 31

F

Falta de motivação 22
Ficha OGI 23, 37, 46
Funcionalidade 3

I

Incapacidade 3
Ingestão de álcool e drogas 22

ÍNDICE REMISSIVO

Interação social 50

J

Jardim suspenso 28, 34
Jardinagem 33
Jogos 51
  de tabuleiros 50, 54

M

Mediação 11
Medicação 25
  em uso 21
Memória de eventos importantes da
    vida 5
Mercado de trabalho 42, 43
Modelos de currículos simples 41
Momento surpresa 54
Monitoramento
  e resolução de intercorrências 7
  para as práticas de atividades de vida
    diária básicas 15, 19
Motivação para a ocupação 5
Murais 25

O

Ocupação humana 1, 3, 4, 12
Organização da rotina 6, 7

P

Papéis ocupacionais 2, 7
Planejamento
  e organização da rotina 7
  financeiro 37
Pontualidade 7
Preparo
  de alimentos 29
  da refeição 29
Programa e contrato 7

Q

Questionário de interesses pessoais 3

R

Recursos de apoio 7

Relações sociais 50, 53
Relaxamento e respiração
    diafragmática 16, 20
Responsabilidade 7
Restrições alimentares 31
Riscos de vida durante a realização de
    tarefas 6
Roda de conversa 2, 17, 43
  autocuidado 18
Rotina 2, 4, 5, 15
  e papéis ocupacionais 5

S

Sono 22

T

Tarefas domésticas 9
Tecnologia assistiva 16, 44
Trabalho 41
Transtornos
  alimentares 8, 21, 27
  de ansiedade e humor 9, 22
  de personalidade 8, 21
  mentais graves 5
  mentais e comportamentais 9
    uso de drogas e de outras substân-
      cias psicoativas 9, 22
  mentais e incapacidades 3
Treino
  de atividades de vida diária básicas 15
  de hábitos 7
  de organização da rotina 6
  do desempenho ocupacional 5, 6
  funcional para as ocupações 4

U

Uso de drogas e de outras substâncias
    psicoativas 9, 22

V

Volição 5

SLIDES

TREINO FUNCIONAL PARA OCUPAÇÕES E ORGANIZAÇÃO DA ROTINA | **SESSÃO I** | **manole**

EXERCÍCIO I
QUESTIONÁRIO DE INTERESSES PESSOAIS

1. Qual a sua formação acadêmica?

2. Qual o seu atual ou último trabalho?

3. O que você gosta de fazer nos seus momentos livres ou de lazer?

4. O que você não gosta de fazer e é obrigado(a) a fazer?

5. Você mora com quem?

6. Qual a sua música preferida?

7. Quais sonhos de vida você já realizou e quais sonhos você ainda não realizou e deseja realizar?

© Todos os direitos reservados | SLIDE 1.1

TREINO FUNCIONAL PARA OCUPAÇÕES E ORGANIZAÇÃO DA ROTINA | **SESSÃO I** | **manole**

EXERCÍCIO 2
OCUPAÇÃO HUMANA

- Refere-se a todas as atividades que o ser humano faz no seu dia a dia dentro de um contexto histórico, físico, social e cultural.

- A ocupação humana pode ser caracterizada pela relação dinâmica entre três subsistemas: a motivação para a ocupação (volição); a capacidade de assumir comportamentos consistentes relacionados a hábitos e papéis (habituação); e a habilidade para fazer (capacidade de desempenho), sofrendo influência dos contextos externo e interno da pessoa.

© Todos os direitos reservados | SLIDE 1.2

DESEMPENHO OCUPACIONAL OU TREINO FUNCIONAL PARA AS OCUPAÇÕES

O desempenho ocupacional é a habilidade de realizar rotinas e desempenhar atividades e participações, em resposta às demandas do meio externo e interno da pessoa.

Áreas do desempenho ocupacional:
- Atividades de vida diária básicas.
- Atividades de vida diária instrumentais.
- Atividades de vida diária avançadas.

ATIVIDADES DE VIDA DIÁRIA BÁSICAS

ATIVIDADES DE VIDA DIÁRIA INSTRUMENTAIS

ATIVIDADES DE VIDA DIÁRIA AVANÇADAS

TREINO FUNCIONAL PARA OCUPAÇÕES E ORGANIZAÇÃO DA ROTINA | **SESSÃO I** | **manole**

O QUE É ROTINA?

É tudo aquilo que se faz todos os dias e no mesmo horário. Que ajuda a controlar melhor o tempo e garantir que as coisas que precisam ser feitas no dia sejam lembradas, organizadas e concluídas.

A rotina garante manter hábitos e dá segurança para lembrar daquilo que não pode ser esquecido, como: tomar banho, preparar refeições, beber água, tomar a medicação, pagar contas, ir ao médico, etc. Além, é claro, de auxiliar na memória de eventos importantes da vida, como: aniversários de familiares, aniversário de casamento, entre outros.

© Todos os direitos reservados

SLIDE 1.7

TREINO FUNCIONAL PARA OCUPAÇÕES E ORGANIZAÇÃO DA ROTINA | **SESSÃO I** | **manole**

ROTINA E PAPÉIS OCUPACIONAIS

Planejamento semanal de atividades

Semana de _____ a _____

Hora	Segunda	Terça	Quarta	Quinta	Sexta	Sábado	Domingo
08h00	Acordar e fazer a higiene pessoal, arrumar a cama, tomar café e dar comida para o cachorro	Acordar e fazer a higiene pessoal, arrumar a cama, tomar café e dar comida para o cachorro	Acordar e fazer a higiene pessoal, arrumar a cama, tomar café e dar comida para o cachorro	Acordar e fazer a higiene pessoal, arrumar a cama, tomar café e dar comida para o cachorro	Acordar e fazer a higiene pessoal, arrumar a cama, tomar café e dar comida para o cachorro	Acordar e fazer a higiene pessoal, arrumar a cama, tomar café e dar comida para o cachorro	Acordar e fazer a higiene pessoal, arrumar a cama, tomar café e dar comida para o cachorro
10h30	Ler um livro	Assistir à TV	Ler um livro	Assistir à TV	Ler um livro	Ir ao parque	Ir ao parque
13h00	Preparar o almoço e almoçar	Preparar o almoço e almoçar	Preparar o almoço e almoçar	Preparar o almoço e almoçar	Preparar o almoço e almoçar	Preparar o almoço e almoçar	Preparar o almoço e almoçar
16h00	Estudar e ir à aula de inglês	Academia	Estudar e ir à aula de inglês	Academia	Tarde livre	Visitar a casa da avó	Passeio com os amigos
18h00	Curso online de Redação	Curso online de Redação	Artesanato	Cinema	Artesanato	Descanso	Descanso
20h00	Preparar o jantar, jantar, tomar banho, escovar os dentes e dormir	Preparar o jantar, jantar, tomar banho, escovar os dentes e dormir	Preparar o jantar, jantar, tomar banho, escovar os dentes e dormir	Preparar o jantar, jantar, tomar banho, escovar os dentes e dormir	Preparar o jantar, jantar, tomar banho, escovar os dentes e dormir	Preparar o jantar, jantar, tomar banho, escovar os dentes e dormir	Preparar o jantar, jantar, tomar banho, escovar os dentes e dormir

© Todos os direitos reservados

SLIDE 1.8

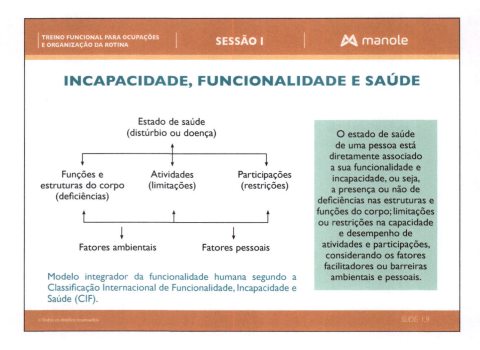

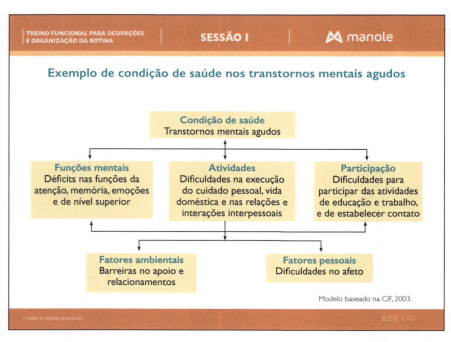

TREINO FUNCIONAL PARA OCUPAÇÕES E ORGANIZAÇÃO DA ROTINA | **SESSÃO I** | **manole**

EXEMPLOS DE INCAPACIDADES COMUNS NOS TRANSTORNOS MENTAIS AGUDOS

- Dificuldades com o autocuidado.
- Dificuldades em cuidar da própria saúde.
- Dificuldades nas interações sociais.
- Dificuldade de manter relacionamentos interpessoais e amorosos.
- Dificuldade de exercer um trabalho remunerado e de seguir regras.
- Dificuldade de exercer a cidadania.

TREINO FUNCIONAL PARA OCUPAÇÕES E ORGANIZAÇÃO DA ROTINA | **SESSÃO I** | **manole**

INCAPACIDADE, DESEMPENHO OCUPACIONAL E ROTINA

- A rotina é um aglomerado de ocupações habituais que normalmente condizem com a idade biológica.
- O desempenho ocupacional acontece conforme a capacidade funcional e cognitiva. Durante a realização de uma atividade, várias funções são ativadas (físicas, cognitivas e emocionais), podendo influenciar positivamente ou negativamente o desempenho ocupacional.
- Quando alguma função está deficitária, as tarefas podem ficar incompletas ou não acontecer. Quando se deixa de fazer uma ocupação por alguma dificuldade, a rotina também tende a ficar limitada, favorecendo o adoecimento.

SESSÃO I — manole

INDICAÇÃO PARA TREINO DO DESEMPENHO OCUPACIONAL

- Quando não houver volição (motivação para a ocupação).
- Quando apresentar dificuldades para se engajar em uma atividade.
- Quando apresentar dificuldades para realizar as atividades básicas do dia a dia.
- Quando precisar da ajuda de outra pessoa para escolher ou fazer algo por você.
- Quando desejar fazer algo que não consegue e desiste de fazer.
- Quando sofrer riscos de vida durante a realização de tarefas.
- Quando tiver dificuldade para interagir com outras pessoas e de participar de grupos.

SESSÃO I — manole

INDICAÇÃO PARA TREINO DE ORGANIZAÇÃO DA ROTINA

- Quando não houver uma rotina.
- Quando não conseguir repetir as ocupações, todos os dias e nos mesmos horários.
- Quando algumas importantes ocupações forem insuficientes ou inexistentes.
- Quando o tempo gasto em alguma ocupação for desproporcional em comparação às demais.
- Quando as atividades de vida diária básicas não acontecerem todos os dias.
- Quando houver o desejo por mudanças (pela inserção ou exclusão de atividades).

TREINO DO DESEMPENHO OCUPACIONAL

TREINO DO DESEMPENHO OCUPACIONAL

- Treino do desempenho ocupacional por meio de exercícios de atividades comuns do dia a dia, feitas em etapas e conforme os diferentes níveis de complexidade.
- Aprendizagem da capacidade de processar, interpretar e assimilar informações; e aperfeiçoamento da capacidade para o desempenho das tarefas cotidianas, considerando seu estado de saúde, suas características pessoais e ambientais.
- Ensino de adaptações e estratégias para melhor realização das atividades.

TREINO FUNCIONAL PARA OCUPAÇÕES E ORGANIZAÇÃO DA ROTINA | **SESSÃO I** | **manole**

EXERCÍCIO 3 – PROGRAMA E CONTRATO

- Duração: 8 sessões
- Frequência: I encontro por semana com 2 horas de duração
- Horário: _____
- Data de início: _____
- Data do término: _____
- Módulos:

  1. Atividades de vida diária básicas.

  2. Atividades de vida diária instrumentais.

  3. Atividades de vida diária avançadas.

TREINO FUNCIONAL PARA OCUPAÇÕES E ORGANIZAÇÃO DA ROTINA | **SESSÃO I** | **manole**

QUAIS SÃO OS REQUISITOS PARA PARTICIPAR DESTE PROGRAMA?

- Realizar sessões regulares (não faltar).
- O programa requer prática fora das sessões e a realização de tarefas de casa.
- Resistir ao desejo de desistir ou não cumprir as tarefas propostas.
- O programa terá altos e baixos; por vezes, haverá repetições.

TAREFA PARA O PRÓXIMO ENCONTRO: DIÁRIO DE OCUPAÇÕES

	Segunda	Terça	Quarta	Quinta	Sexta	Sábado	Domingo
7h00							
8h00							
9h00							
10h00							
11h00							
12h00							
13h00							
14h00							
15h00							
16h00							
17h00							
18h00							
19h00							
20h00							
21h00							
22h00							

EXEMPLOS DE INCAPACIDADES COMUNS NOS TRANSTORNOS ALIMENTARES

- Dificuldade em lidar com a própria imagem e forma corporal.
- Dificuldade em participar de atividades sociais e de lazer.
- Dificuldade de realizar e participar de atividades de educação e trabalho.
- Dificuldade de realizar ações e tarefas domésticas.
- Dificuldade em controlar as emoções e o comportamento.

EXEMPLO DE CONDIÇÃO DE SAÚDE NOS TRANSTORNOS DE PERSONALIDADE

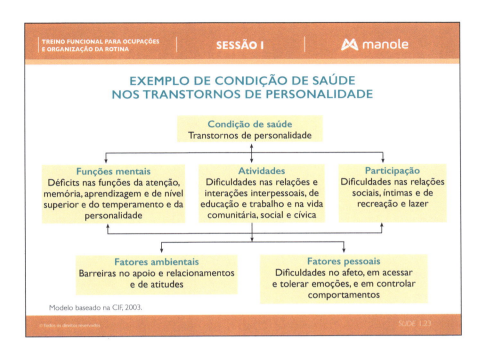

Modelo baseado na CIF, 2003.

EXEMPLOS DE INCAPACIDADES COMUNS NOS TRANSTORNOS DE PERSONALIDADE

- Dificuldade em participar de atividades sociais e de lazer.
- Dificuldade de realizar e participar de atividades de educação e trabalho.
- Dificuldade de realizar ações e tarefas domésticas.
- Dificuldade em controlar as emoções.
- Dificuldade de controlar os impulsos.

EXEMPLO DE CONDIÇÃO DE SAÚDE NOS TRANSTORNOS MENTAIS E COMPORTAMENTAIS DEVIDOS AO USO DE DROGAS E DE OUTRAS SUBSTÂNCIAS PSICOATIVAS

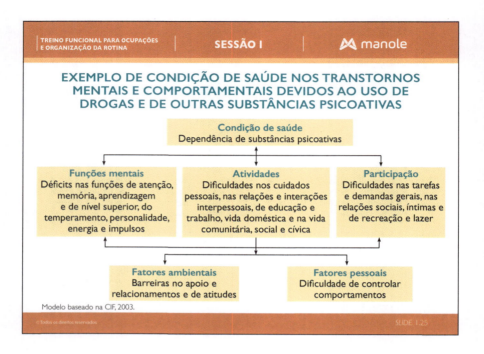

Condição de saúde
Dependência de substâncias psicoativas

Funções mentais
Déficits nas funções de atenção, memória, aprendizagem e de nível superior, do temperamento, personalidade, energia e impulsos

Atividades
Dificuldades nos cuidados pessoais, nas relações e interações interpessoais, de educação e trabalho, vida doméstica e na vida comunitária, social e cívica

Participação
Dificuldades nas tarefas e demandas gerais, nas relações sociais, íntimas e de recreação e lazer

Fatores ambientais
Barreiras no apoio e relacionamentos e de atitudes

Fatores pessoais
Dificuldade de controlar comportamentos

Modelo baseado na CIF, 2003.

EXEMPLOS DE INCAPACIDADES COMUNS NOS TRANSTORNOS MENTAIS E COMPORTAMENTAIS DEVIDOS AO USO DE DROGAS E DE OUTRAS SUBSTÂNCIAS PSICOATIVAS

- Dificuldade em realizar atividades de cuidados pessoais.
- Dificuldade de realizar ações e tarefas domésticas.
- Dificuldade em administrar dinheiro.
- Dificuldade de realizar e participar de atividades de educação e trabalho.
- Dificuldade em participar de atividades sociais e de lazer.
- Dificuldade em seguir regras e obedecer a hierarquias.

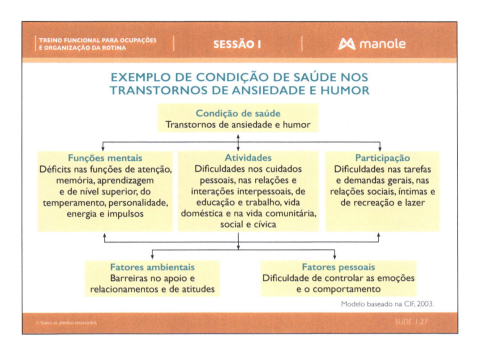

EXEMPLO DE CONDIÇÃO DE SAÚDE NOS TRANSTORNOS DE ANSIEDADE E HUMOR

Condição de saúde
Transtornos de ansiedade e humor

Funções mentais
Déficits nas funções de atenção, memória, aprendizagem e de nível superior, do temperamento, personalidade, energia e impulsos

Atividades
Dificuldades nos cuidados pessoais, nas relações e interações interpessoais, de educação e trabalho, vida doméstica e na vida comunitária, social e cívica

Participação
Dificuldades nas tarefas e demandas gerais, nas relações sociais, íntimas e de recreação e lazer

Fatores ambientais
Barreiras no apoio e relacionamentos e de atitudes

Fatores pessoais
Dificuldade de controlar as emoções e o comportamento

Modelo baseado na CIF, 2003.

EXEMPLOS DE INCAPACIDADES COMUNS NOS TRANSTORNOS DE ANSIEDADE E HUMOR

- Dificuldade em realizar atividades de cuidados pessoais.
- Dificuldade de realizar ações e tarefas domésticas.
- Dificuldade de realizar e participar de atividades de educação e trabalho.
- Dificuldade em participar de atividades sociais e de lazer.
- Dificuldade em seguir regras e obedecer a hierarquias.

ÁREAS DA VIDA DIÁRIA – OCUPAÇÃO HUMANA

Atividades de vida diária básicas
- Cuidados com a saúde e com o corpo
- Alimentação
- Higiene
- Sono

Atividades de vida diária instrumentais
- Cuidados com a casa
- Cuidados com outra pessoa
- Preparar uma refeição
- Fazer compras
- Manuseio do dinheiro
- Mobilidade na comunidade
- Uso do telefone

Atividades de vida diária avançadas
- Comunicação
- Atividades sociais e religiosas
- Eventos familiares e amigos
- Atividades físicas
- Lazer e entretenimento
- Estudo e trabalho

GRAUS DE COMPLEXIDADE DO DESEMPENHO OCUPACIONAL

FATORES PESSOAIS
- Espiritualidade
- Autocontrole
- Autoeficácia
- Habilidades sociais
- Habilidades emocionais
- Habilidades cognitivas
- Habilidades físicas
- Habilidades sensoriais
- Motivos externos
- Motivos internos/interesses

FATORES AMBIENTAIS
- Apoio social
- Cultura/etnia
- Escolaridade
- Condição socioeconômica
- Acessibilidade

AAVD
AIVD
ABVD

Grau de complexidade
Influência sociocultural

SESSÃO 2

EXERCÍCIO 1 - MAPEAMENTO DAS ÁREAS DA VIDA

	Segunda	Terça	Quarta	Quinta	Sexta	Sábado	Domingo
7h00	Acordar	Acordar	Acordar	Acordar	Acordar	Acordar	Dormir
8h00	Café	Café	Café	Café	Café	Café	Dormir
9h00	Escovar dentes	Escovar dentes	Escovar dentes	Escovar dentes	Escovar dentes	Escovar dentes	Escovar dentes
10h00	Lição de inglês	Limpar a casa	Lição de inglês	Limpar a casa	Assistir à TV	Parque	Café
11h00	Atividade física	Assistir à TV	Atividade física	Assistir à TV	Atividade física	Parque	Visitar a avó
12h00	Banho	Banho	Banho	Banho	Banho	Banho	Visitar a avó
13h00	Almoço	Almoço	Almoço	Almoço	Almoço	Almoço	Almoço
14h00	Dormir	Dormir	Dormir	Dormir	Dormir	Dormir	Passear
15h00	Dormir	Dormir	Dormir	Dormir	Dormir	Dormir	Passear
16h00	Aula de inglês	Ler livro	Aula de inglês	Ler livro	Aula de inglês	Ler livro	Passear
17h00	Café	Café	Café	Café	Café	Café	Assistir à TV
18h00	Passear com o cachorro	Ler livro	Passear com o cachorro	Ler livro	Ler livro	Passear com o cachorro	Assistir à TV
19h00	Jantar	Jantar	Jantar	Jantar	Jantar	Jantar	Jantar
20h00	Assistir à TV	Assistir à TV	Assistir à TV	Assistir à TV	Assistir à TV	Assistir à TV	Assistir à TV
21h00	Dormir	Dormir	Dormir	Dormir	Dormir	Dormir	Dormir
22h00	Dormir	Dormir	Dormir	Dormir	Dormir	Dormir	Dormir

Atividades de vida diária básicas Atividades de vida diária instrumentais Atividades de vida diária avançadas

SLIDE 2.3

SESSÃO 2

EXERCÍCIO 2
RODA DE CONVERSA – ROTINA

SLIDE 2.4

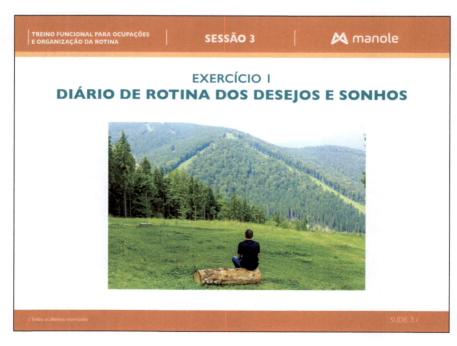

| TREINO FUNCIONAL PARA OCUPAÇÕES E ORGANIZAÇÃO DA ROTINA | SESSÃO 3 | manole |

EXERCÍCIO 2
RODA DE CONVERSA – AUTOCUIDADO

Convido a pensar e refletir sobre os seus cuidados consigo mesmo no seu dia a dia:

- O que é autocuidado? Como você tem cuidado de si mesmo?
- Quando foi a última vez que você se preocupou consigo mesmo?
- Tem alguma atividade de autocuidado que você vem apresentando dificuldades para realizar ou precisa da ajuda de outra pessoa?

SLIDE 3.2

| TREINO FUNCIONAL PARA OCUPAÇÕES E ORGANIZAÇÃO DA ROTINA | SESSÃO 3 | manole |

AUTOCUIDADO

SLIDE 3.3

ATITUDES E HÁBITOS DE VIDA SAUDÁVEIS

Convido a pensar e refletir sobre as suas atitudes e hábitos de vida saudáveis:

- O que é para você ter uma vida saudável?
- Quais são as suas atitudes e hábitos para ter uma vida mais saudável?
- Tem alguma atitude e hábito de vida saudável que você gostaria de ter, mas tem dificuldade de praticar ou precisa da ajuda de outra pessoa?

ATITUDES E HÁBITOS DE VIDA SAUDÁVEIS

Atividade física com especialistas

Bons hábitos de higiene

TREINO FUNCIONAL PARA OCUPAÇÕES E ORGANIZAÇÃO DA ROTINA | **SESSÃO 3** | **manole**

AUTOCUIDADO, SAÚDE MENTAL E QUALIDADE DE VIDA

- O autocuidado vai desde os cuidados de saúde (acompanhamento médico e multidisciplinar periódico e uso de medicação) até as tarefas cotidianas de cuidados com o corpo, cabelo, unhas, pele, banho, uso do vaso sanitário, vestimenta, mobilidade, alimentação, sono, entre outras, que são essenciais à sobrevivência humana.

- Com o adoecimento, muitas vezes, as pessoas deixam de realizar o autocuidado, seja por falta de energia, desmotivação, cansaço ou insatisfação com a própria imagem ou forma corporal, favorecendo assim o adoecimento.

SLIDE 3.8

TREINO FUNCIONAL PARA OCUPAÇÕES E ORGANIZAÇÃO DA ROTINA | **SESSÃO 3** | **manole**

AUTOCUIDADO, SAÚDE MENTAL E QUALIDADE DE VIDA

- Ao cuidar de si mesmo todos os dias, você está ajudando a prevenir doenças, tanto clínicas quanto emocionais, e aumentando suas chances para uma vida mais saudável e com melhor qualidade de vida e bem-estar.

- A prática diária do autocuidado tende a aumentar a autoestima e tornar mais positiva a relação com a vida. É durante a realização dessas atividades que se fortalece a relação entre a mente e o corpo, promovendo melhor aceitação da imagem e forma corporal, identidade pessoal, dando mais coragem para enfrentar as dificuldades da vida e gerando mais motivação para seguir-se engajando e buscando por novos desafios.

SLIDE 3.9

TREINO FUNCIONAL PARA OCUPAÇÕES E ORGANIZAÇÃO DA ROTINA | **SESSÃO 3** | **manole**

AUTOCUIDADO, SAÚDE MENTAL E QUALIDADE DE VIDA

- Autocuidado, portanto, é cuidar-se de si próprio; é prestar atenção aos sinais do corpo e as necessidades da mente; é fazer algo positivo em relação a si mesmo.

- É aprimorar o estilo de vida, evitando hábitos ruins e adotando atitudes e hábitos mais positivos em relação ao próprio corpo e à saúde. É evitar comportamentos de risco e negligências; é tomar posturas mais assertivas com a imagem e forma corporal, visando à melhor aceitação, qualidade de vida e bem-estar.

© Todos os direitos reservados — SLIDE 3.10

TREINO FUNCIONAL PARA OCUPAÇÕES E ORGANIZAÇÃO DA ROTINA | **SESSÃO 3** | **manole**

DIFICULDADES NAS ATIVIDADES DE VIDA DIÁRIA BÁSICAS NOS TRANSTORNOS MENTAIS AGUDOS

- Dificuldade nos cuidados gerais com o corpo e a saúde.

- Dificuldade em tomar a medicação e ir às consultas médicas e de equipe multidisciplinar.

- Dificuldade em manter uma rotina de escovação dos dentes e banho.

- Dificuldade com a quantidade e a qualidade dos alimentos ingeridos.

- Dificuldade nos cuidados de uso de métodos preventivos durante as relações sexuais.

© Todos os direitos reservados — SLIDE 3.11

SESSÃO 3

EXERCÍCIO 3 – *CHECKLIST* DE MONITORAMENTO PARA ATIVIDADES DE VIDA DIÁRIA BÁSICAS E DE ATITUDES E HÁBITOS DE VIDA SAUDÁVEIS

O que eu fiz pelo meu corpo e mente hoje?

Higiene
Tomei banho hoje? ( ) sim ( ) não   Se sim, quantos? ( )
Escovei meus dentes? ( ) sim ( ) não   Se sim, quantas vezes? ( )
Meu cabelo está arrumado hoje? ( ) sim ( ) não

Sono
Sinto-me descansado(a) hoje? ( ) sim ( ) não   Por quantas horas dormi essa noite? ( )

Alimentação e consumo de água
Consegui me alimentar bem hoje e cumprir todas as refeições? ( ) sim ( ) não
Consegui beber uma quantidade de água suficiente hoje? ( ) sim ( ) não

Atividade física
Eu realizei hoje alguma atividade física? ( ) sim ( ) não   Se sim, por quanto tempo? ( )
Fiz alguma atividade de meditação ou relaxamento? ( ) sim ( ) não   Se sim, por quanto tempo? ( )

Dor e emoção
Como está o meu humor hoje? _____
Estou sentindo dores hoje? ( ) sim ( ) não   Se sim, qual? _____

Avaliação
Como eu avalio os cuidados que dei ao meu corpo e mente hoje (de 0 a 10)? ( )

SESSÃO 3

EXERCÍCIO 3
RELAXAMENTO E RESPIRAÇÃO DIAFRAGMÁTICA

1. Deite-se em uma superfície reta e feche os olhos.
2. Imagine que tem uma "bexiga" na boca do seu estômago.
3. Inspire contando até 3, tentando inflar a "bexiga".
4. Solte o ar contando até 6, imaginando um pequeno furinho na "bexiga".
5. Repita durante 10 minutos inicialmente e quando se sentir confortável por 15 minutos.
6. Se estiver difícil soltar o ar contando até 6, faça primeiro contando até 4, depois até 5, e quando conseguir, contando até 6. O importante é soltar o ar por mais tempo do que puxou.

SESSÃO 3 — manole

DIFICULDADES NAS ATIVIDADES DE VIDA DIÁRIA BÁSICAS NOS TRANSTORNOS ALIMENTARES

- Dificuldades nos cuidados com o corpo e a saúde.
- Dificuldade de aceitação da imagem e da forma corporal.
- Dificuldade de buscar ajuda médica e de equipe multidisciplinar.
- Dificuldade na ingestão alimentar.
- Falta de energia.

SESSÃO 3 — manole

DIFICULDADES NAS ATIVIDADES DE VIDA DIÁRIA BÁSICAS NOS TRANSTORNOS DE PERSONALIDADE

- Dificuldades nos cuidados com o corpo e a saúde.
- Dificuldade de buscar ajuda médica e de equipe multidisciplinar.
- Dificuldade com uso de métodos preventivos durante as relações sexuais.
- Dificuldade em controlar comportamentos de risco.

SESSÃO 3 — TREINO FUNCIONAL PARA OCUPAÇÕES E ORGANIZAÇÃO DA ROTINA — manole

DIFICULDADES NAS ATIVIDADES DE VIDA DIÁRIA BÁSICAS NOS TRANSTORNOS MENTAIS E COMPORTAMENTAIS DEVIDO AO USO DE MÚLTIPLAS DROGAS E DE OUTRAS SUBSTÂNCIAS PSICOATIVAS

- Dificuldades nos cuidados com o corpo e a saúde.
- Dificuldade de buscar ajuda médica e de equipe multidisciplinar.
- Dificuldade com uso de métodos preventivos durante as relações sexuais.
- Dificuldade em controlar comportamentos de risco.
- Dificuldade com a ingestão de álcool e drogas.

SESSÃO 3 — TREINO FUNCIONAL PARA OCUPAÇÕES E ORGANIZAÇÃO DA ROTINA — manole

DIFICULDADES NAS ATIVIDADES DE VIDA DIÁRIA BÁSICAS NOS TRANSTORNOS DE ANSIEDADE E HUMOR

- Dificuldades nos cuidados com o corpo e a saúde.
- Falta de motivação.
- Desregulação do sono.

SLIDE 4.1

TREINO FUNCIONAL PARA OCUPAÇÕES E ORGANIZAÇÃO DA ROTINA | **SESSÃO 4** | **manole**

Exercício 1 – Ficha OGI

PROGRAMA DE TERAPIA OCUPACIONAL – PLANO DE INTERVENÇÃO BASEADA NA ATIVIDADE DIRIGIDA (OGI)
(Adaptado pelo Serviço de Terapia Ocupacional do IPq-HCFMUSP)

Nome:_____ Data:_____/_____/_____

Atividade escolhida: _____

1ª Etapa: PARE E PENSE

1. Nome da atividade escolhida:_____
2. Meta do dia: _____

   Vou conseguir alcançar a meta do dia: ( ) total   ( ) parcial   ( ) não vou conseguir

   Acredito que a nota do meu desempenho será: 1   2   3   4   5   6   7   8   9   10

   Tempo estimado para concluir a meta do dia: _____

2ª Etapa: PLANEJE

3. Materiais utilizados:_____
4. Etapas da tarefa (passo a passo): _____
   _____

3ª Etapa: EXECUTE A TAREFA

4ª Etapa: AVALIE

5. O que achou mais difícil: _____
6. O que mais gostou: _____
7. Algo não saiu como esperava? O quê?
8. O que faria diferente:_____
9. A meta foi alcançada: ( ) sim   ( ) não   ( ) parcialmente

   Tempo utilizado para concluir a meta do dia:_____

© Todos os direitos reservados

SLIDE 4.2

TREINO FUNCIONAL PARA OCUPAÇÕES E ORGANIZAÇÃO DA ROTINA | **SESSÃO 4** | **manole**

EXEMPLO: MURAL DE MONITORAMENTO PARA ADMINISTRAÇÃO DE MEDICAÇÃO

	Segunda	Terça	Quarta	Quinta	Sexta	Sábado	Domingo	Observação
	( )	( )	( )	( )	( )	( )	( )	
	( )	( )	( )	( )	( )	( )	( )	
	( )	( )	( )	( )	( )	( )	( )	

© Todos os direitos reservados

88 TREINO FUNCIONAL PARA OCUPAÇÕES E ORGANIZAÇÃO DA ROTINA

TREINO FUNCIONAL PARA OCUPAÇÕES E ORGANIZAÇÃO DA ROTINA | **SESSÃO 4** | **manole**

Exercício 2 – Ficha OGI – Exemplo de "tomar a medicação"

PROGRAMA DE TERAPIA OCUPACIONAL – PLANO DE INTERVENÇÃO BASEADA NA ATIVIDADE DIRIGIDA (OGI)
(Adaptado pelo Serviço de Terapia Ocupacional do IPq-HCFMUSP)

1ª Etapa: PARE E PENSE
1. Nome da atividade escolhida: *Administração da medicação*
2. Meta do dia: *Conseguir tomar a medicação sem ajuda de outra pessoa.*
   Vou conseguir alcançar a meta do dia: (x) total   ( ) parcial   ( ) não vou conseguir
   Acredito que a nota do meu desempenho será: 1   2   3   4   5   6   7   8   ⑨   10
   Tempo estimado para concluir a meta do dia: *5 minutos*

2ª Etapa: PLANEJE
3. Materiais utilizados: *Mural de monitoramento da administração de remédios; despertador; caixa de remédios.*
4. Etapas da tarefa (passo a passo): *Conferir o mural (o horário da medicação; e o nome do remédio a ser tomado). Colocar o despertador para tocar no horário certo da medicação. Deixar a medicação a ser tomada em um recipiente separado, em lugar visível.*

3ª Etapa: EXECUTE A TAREFA
4ª Etapa: AVALIE
5. O que achou mais difícil: *Encontrar a medicação certa para tomar dentro de uma caixa com outras medicações.*
6. O que mais gostou: *Conseguir fazer a atividade sem precisar da ajuda da minha mãe.*
7. Algo não saiu como esperava? O quê? *A falta de um copo de água, próximo à medicação.*
8. O que faria diferente: *Separaria um copo de água, próximo à medicação.*
9. A meta foi alcançada: (x) sim   ( ) não   ( ) parcialmente
   Tempo utilizado para concluir a meta do dia: *6 minutos*

© Todos os direitos reservados   SLIDE 4.3

TREINO FUNCIONAL PARA OCUPAÇÕES E ORGANIZAÇÃO DA ROTINA | **SESSÃO 5** | **manole**

Exercício 1 – Ficha OGI – Preparação de alimentos

PROGRAMA DE TERAPIA OCUPACIONAL – PLANO DE INTERVENÇÃO BASEADA NA ATIVIDADE DIRIGIDA (OGI)
(Adaptado pelo Serviço de Terapia Ocupacional do IPq-HCFMUSP)

Nome: _____ Data: ___/___/___
Atividade escolhida: _____

1ª Etapa: PARE E PENSE
1. Nome da atividade escolhida: _____
2. Meta do dia: _____
   Vou conseguir alcançar a meta do dia: ( ) total   ( ) parcial   ( ) não vou conseguir
   Acredito que a nota do meu desempenho será: 1   2   3   4   5   6   7   8   9   10
   Tempo estimado para concluir a meta do dia: _____

2ª Etapa: PLANEJE
3. Materiais utilizados: _____
4. Etapas da tarefa (passo a passo): _____
   _____

3ª Etapa: EXECUTE A TAREFA
4ª Etapa: AVALIE
5. O que achou mais difícil: _____
6. O que mais gostou: _____
7. Algo não saiu como esperava? O quê? _____
8. O que faria diferente: _____
9. A meta foi alcançada: ( ) sim   ( ) não   ( ) parcialmente
   Tempo utilizado para concluir a meta do dia: _____

© Todos os direitos reservados   SLIDE 5.1

SESSÃO 5

Exercício – Ficha OGI – Elaboração do jardim suspenso

PROGRAMA DE TERAPIA OCUPACIONAL – PLANO DE INTERVENÇÃO BASEADA NA ATIVIDADE DIRIGIDA (OGI)
(Adaptado pelo Serviço de Terapia Ocupacional do IPq-HCFMUSP)

Nome:_____ Data:____/____/____
Atividade escolhida: _____

1ª Etapa: PARE E PENSE
1. Nome da atividade escolhida:_____
2. Meta do dia: _____
   Vou conseguir alcançar a meta do dia: ( ) total   ( ) parcial   ( ) não vou conseguir
   Acredito que a nota do meu desempenho será: 1   2   3   4   5   6   7   8   9   10
   Tempo estimado para concluir a meta do dia: _____

2ª Etapa: PLANEJE
3. Materiais utilizados: _____
4. Etapas da tarefa (passo a passo):_____
   _____

3ª Etapa: EXECUTE A TAREFA
4ª Etapa: AVALIE
5. O que achou mais difícil: _____
6. O que mais gostou: _____
7. Algo não saiu como esperava? O quê? _____
8. O que faria diferente:_____
9. A meta foi alcançada: ( ) sim   ( ) não   ( ) parcialmente
   Tempo utilizado para concluir a meta do dia:_____

SLIDE 5.4

SESSÃO 5

PREPARO DO JARDIM SUSPENSO

SLIDE 5.5

SESSÃO 5

RODA DE CONVERSA

SESSÃO 6

RECURSO DE MONITORAMENTO PARA PLANEJAMENTO FINANCEIRO

PROGRAMA DE TERAPIA OCUPACIONAL – PLANO DE INTERVENÇÃO BASEADA NA ATIVIDADE DIRIGIDA (OGI)
(Adaptado pelo Serviço de Terapia Ocupacional do IPq-HCFMUSP)

Nome:_____ Data:____/____/____
Atividade escolhida: _____
1ª Etapa: PARE E PENSE
1. Nome da atividade escolhida:_____
2. Meta do dia: _____
   Vou conseguir alcançar a meta do dia: ( ) total   ( ) parcial   ( ) não vou conseguir
   Acredito que a nota do meu desempenho será: 1   2   3   4   5   6   7   8   9   10
   Tempo estimado para concluir a meta do dia: _____
2ª Etapa: PLANEJE
3. Materiais utilizados:_____
4. Etapas da tarefa (passo a passo):_____
   _____

3ª Etapa: EXECUTE A TAREFA
4ª Etapa: AVALIE
5. O que achou mais difícil: _____
6. O que mais gostou: _____
7. Algo não saiu como esperava? O quê? _____
8. O que faria diferente:_____
9. A meta foi alcançada: ( ) sim   ( ) não   ( ) parcialmente
   Tempo utilizado para concluir a meta do dia:_____

SLIDES 93

| TREINO FUNCIONAL PARA OCUPAÇÕES E ORGANIZAÇÃO DA ROTINA | SESSÃO 7 | manole |

EXERCÍCIO 1
RODA DE CONVERSA – MERCADO DE TRABALHO

SLIDE 7.1

| TREINO FUNCIONAL PARA OCUPAÇÕES E ORGANIZAÇÃO DA ROTINA | SESSÃO 7 | manole |

EXERCÍCIO 2 – MODELO DE CURRÍCULO I

CURRICULUM VITAE

I – DADOS PESSOAIS
Nome completo: E. L. M
Data de nascimento: 20/01/1985   Idade: 35 anos
Naturalidade: brasileira   RG: 00-0
Endereço: Rua Armalto Antunes Cruz, 55, apto. 67D, bairro: Vila Mariana, CEP 040517-091, São Paulo - SP
Telefone: (11) 99354-0000   E-mail: elm@email.com

II – ESCOLARIDADE
Formação: Graduação   Curso: Direito mês/ano da conclusão: 12/2007
Instituição: Faculdade de Direito   Carga horária: duração de 5 anos

Formação: Ensino Médio   Mês/ano de conclusão: 12/2001
Instituição: Escola Y

III – EXPERIÊNCIA PROFISSIONAL
Empresa atual
Nome da empresa: Advogados Associados Função: Advogado

Empresa atual
Nome da empresa: Advogados Associados II   Função: Advogado Período: de 01/2018 a 08/2020

Penúltima empresa
Nome da empresa: Santa Casa de Marcenaria   Função: Carpinteiro Período: de 08/2015 a 01/2018

IV – RESUMO DA EXPERIÊNCIA PROFISSIONAL
Iniciei minas atividades profissionais como Advogado logo após a faculdade, atuando com Direito Público. Atualmente estou na área da Família.

SLIDE 7.2

EXERCÍCIO 2 – MODELO DE CURRÍCULO II

Ricardo H. L.
Brasileiro / 36 anos / Solteiro / Sem filhos

Rua Estrela, 12, apto. 14 – Vila Guilherme – CEP 01111-000 – São Paulo - SP
Tel.: **(11) 97577777**   E-mail: **rhl@email.com**

OBJETIVO: VENDEDOR
- Experiência atual em loja de eletrônicos (2010 - atual)
- Experiência em loja de carros (2009-2010)
- Características gerais: criativo, comunicativo, determinado, trabalho em equipe, pró-ativo, organizado.

Formação acadêmica
- Ensino médio completo – Escola X
  Formado em dezembro/2017

Histórico profissional
- Loja de eletrônicos – atualmente   Vendedor.
- Loja de carros – 2009-2010   Vendedor.
- Loja de doces – 2007-2009   Vendedor.

Cursos extra-curriculares
- Inglês
  220 horas
  março/2008

SLIDE 7.3

CURRÍCULO *ONLINE* DE SITES DE EMPREGO

SLIDE 7.4

| TREINO FUNCIONAL PARA OCUPAÇÕES E ORGANIZAÇÃO DA ROTINA | SESSÃO 7 | manole |

EXERCÍCIO 3 – FICHA OGI

PROGRAMA DE TERAPIA OCUPACIONAL – PLANO DE INTERVENÇÃO BASEADA NA ATIVIDADE DIRIGIDA (OGI)
(Adaptado pelo Serviço de Terapia Ocupacional do IPq-HCFMUSP)

Nome:_____ Data: ___/___/___
Atividade escolhida: _____
1ª Etapa: PARE E PENSE
1. Nome da atividade escolhida: _____
2. Meta do dia: _____
    Vou conseguir alcançar a meta do dia: ( ) total   ( ) parcial   ( ) não vou conseguir
    Acredito que a nota do meu desempenho será: 1   2   3   4   5   6   7   8   9   10
    Tempo estimado para concluir a meta do dia: _____
2ª Etapa: PLANEJE
3. Materiais utilizados: _____
4. Etapas da tarefa (passo a passo): _____
_____

3ª Etapa: EXECUTE A TAREFA
4ª Etapa: AVALIE
5. O que achou mais difícil: _____
6. O que mais gostou: _____
7. Algo não saiu como esperava? O quê?
8. O que faria diferente:_____
9. A meta foi alcançada: ( ) sim   ( ) não   ( ) parcialmente
    Tempo utilizado para concluir a meta do dia:_____

SLIDE 7.5

| TREINO FUNCIONAL PARA OCUPAÇÕES E ORGANIZAÇÃO DA ROTINA | SESSÃO 7 | manole |

EXERCÍCIO 1
RODA DE CONVERSA – CURSOS

SLIDE 7.6

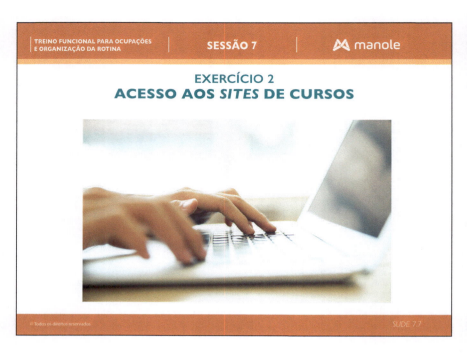

MODELO DE PROGRAMAS DE CURSOS

Modelo de plano de cursos:				
Nome do curso:				
Horários e dia(s) da semana:				
Período de início e fim do curso:				
Valor:				
Forma de pagamento:				
Local:				
Meio de transporte/locomoção:				
Objetivo do curso	Público-alvo	Conteúdos/disciplinas	Recursos utilizados	Método de avaliação

BENEFÍCIOS DO APOIO SOCIAL NA SAÚDE MENTAL

- Escuta e troca de informações.
- Identidade pessoal.
- Diminuição do estresse, da ansiedade e depressão.
- Funções cognitivas.
- Adesão ao tratamento.

EXERCÍCIO 2
APRESENTAÇÃO DAS PROPOSTAS DE LUGARES PARA LAZER

| TREINO FUNCIONAL PARA OCUPAÇÕES E ORGANIZAÇÃO DA ROTINA | SESSÃO 8 | manole |

FICHA OGI

PROGRAMA DE TERAPIA OCUPACIONAL – PLANO DE INTERVENÇÃO BASEADA NA ATIVIDADE DIRIGIDA (OGI)
(Adaptado pelo Serviço de Terapia Ocupacional do IPq-HCFMUSP)

Nome:_____ Data:____/____/____
Atividade escolhida: _____
1ª Etapa: PARE E PENSE
1. Nome da atividade escolhida:_____
2. Meta do dia: _____
   Vou conseguir alcançar a meta do dia: ( ) total   ( ) parcial   ( ) não vou conseguir
   Acredito que a nota do meu desempenho será: 1   2   3   4   5   6   7   8   9   10
   Tempo estimado para concluir a meta do dia: _____
2ª Etapa: PLANEJE
3. Materiais utilizados:_____
4. Etapas da tarefa (passo a passo): _____
   _____
3ª Etapa: EXECUTE A TAREFA
4ª Etapa: AVALIE
5. O que achou mais difícil: _____
6. O que mais gostou: _____
7. Algo não saiu como esperava? O quê?
8. O que faria diferente:_____
9. A meta foi alcançada: ( ) sim   ( ) não   ( ) parcialmente
   Tempo utilizado para concluir a meta do dia:_____

SLIDE 8.4

| TREINO FUNCIONAL PARA OCUPAÇÕES E ORGANIZAÇÃO DA ROTINA | SESSÃO 8 | manole |

EXERCÍCIO 2
JOGOS COLETIVOS

SLIDE 8.5

Série Psicologia e Neurociências